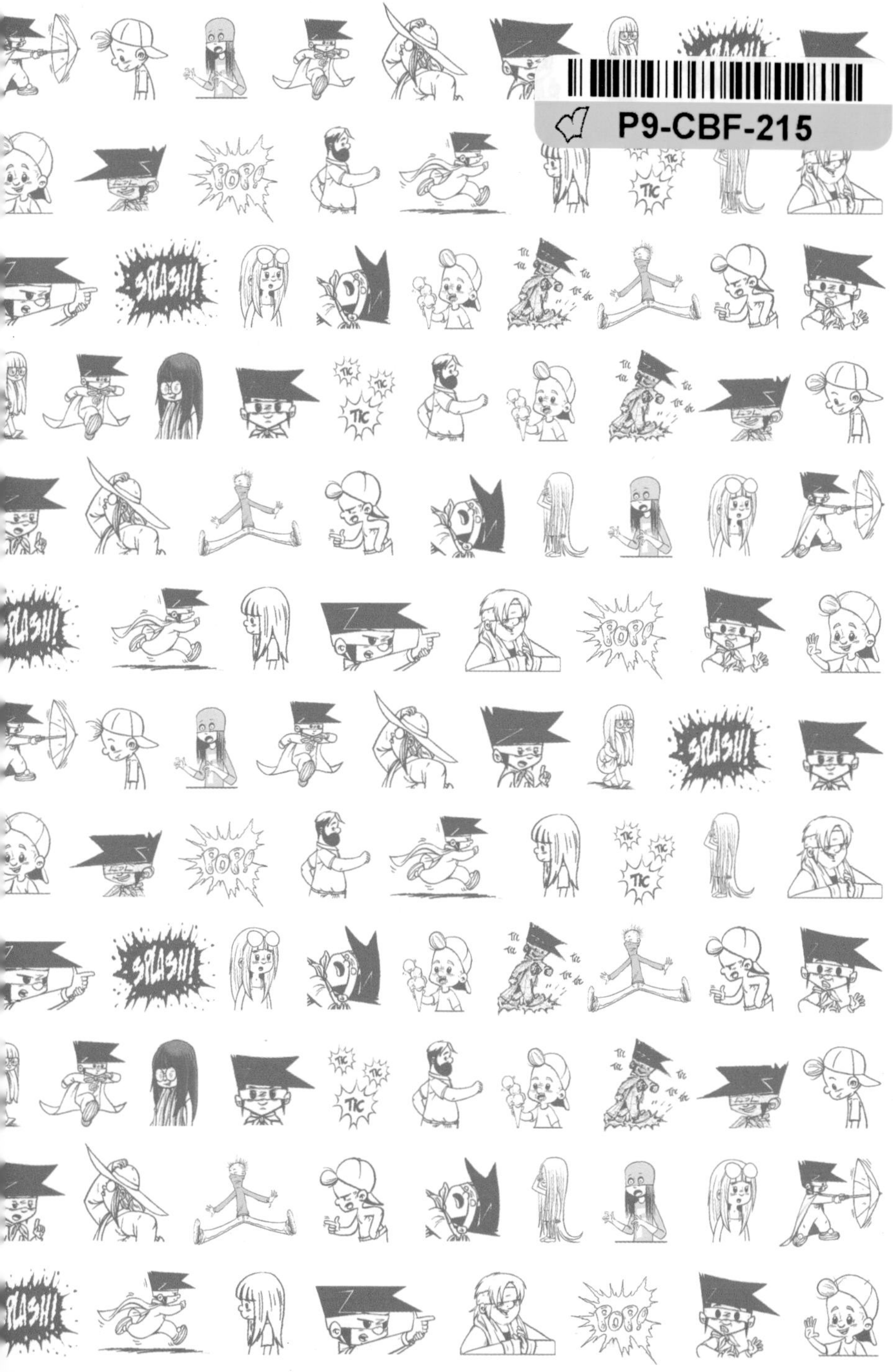
POP!
TIC
TIC
TIC
SPLASH!
TIC
TIC
TIC
PLASH!
POP!
SPLASH!
POP!
TIC
TIC
TIC
SPLASH!
TIC
TIC
TIC
PLASH!
POP!

CAPITAINE STATIC

MYSTÈRE ET BOULE DE GOMME!

Des mêmes créateurs aux Éditions Québec Amérique

SÉRIE CAPITAINE STATIC

Capitaine Static 5 – La Bande des trois, bande dessinée, 2012.

Capitaine Static 4 – Le Maître des Zions, bande dessinée, 2010.
• **Finaliste au prix Tamarack 2012**

Capitaine Static 3 – L'Étrange Miss Flissy, bande dessinée, 2009.
• **Finaliste au prix Joe Schuster (Canada)**
• **3ᵉ position au Palmarès Communication Jeunesse 2010-2011**
• **Sélection 2011 de La revue des livres pour enfants (Bibliothèque nationale de France)**

Capitaine Static 2 – L'Imposteur, bande dessinée, 2008.
• **Finaliste au prix Bédélys Jeunesse 2009**
• **4ᵉ position au palmarès Communication-Jeunesse 2009-2010**

Capitaine Static 1, bande dessinée, 2007.
• **Lauréat du prix Hackmatack, Le choix des jeunes, 2009**
• **Prix du livre Distinction Tamarack 2009**
• **2ᵉ position au palmarès Communication-Jeunesse 2008-2009**
• **Finaliste au prix Bédélys Jeunesse 2008**
• **Finaliste au prix Réal-Fillion du Festival de la bande dessinée francophone de Québec 2008**
• **Finaliste au prix Bédéis Causa 2008**
• **Finaliste au prix du livre jeunesse de la Ville de Montréal 2008**

Du même auteur

Les Merveilleuses Jumelles W. , roman, 2012.
Le Chat de garde, roman, 2010.
Récompense promise : un million de dollars, roman, 2008.

Des mêmes créateurs

COLLECTION SAVAIS-TU… ?
58 titres parmi lesquels
Savais-tu… les bousiers?, bande dessinée-documentaire, Éditions Michel Quintin, 2013.
Savais-tu… les éléphants?, bande dessinée-documentaire, Éditions Michel Quintin, 2013.

SÉRIE BILLY STUART
6 titres parmi lesquels
Billy Stuart 6 – Le cratère de feu, bande dessinée, Éditions Michel Quintin, 2013.
Billy Stuart 5 – Un monde de glace, bande dessinée, Éditions Michel Quintin, 2013.

Alain M. Bergeron et Sampar

CAPITAINE STATIC

MYSTÈRE ET BOULE DE GOMME!

Québec Amérique

Projet dirigé par Geneviève Brière et Stéphanie Durand, éditrices

Conception de la grille originale : Karine Raymond
Mise en pages : Julie Villemaire
Révision linguistique : Sabine Cerboni

Québec Amérique
329, rue de la Commune Ouest, 3e étage
Montréal (Québec) Canada H2Y 2E1
Téléphone : 514 499-3000, télécopieur : 514 499-3010

Nous reconnaissons l'aide financière du gouvernement du Canada par l'entremise du Fonds du livre du Canada pour nos activités d'édition.

Nous remercions le Conseil des arts du Canada de son soutien. L'an dernier, le Conseil a investi 157 millions de dollars pour mettre de l'art dans la vie des Canadiennes et des Canadiens de tout le pays.

Nous tenons également à remercier la SODEC pour son appui financier. Gouvernement du Québec–Programme de crédit d'impôt pour l'édition de livres–Gestion SODEC.

Conseil des Arts du Canada　Canada Council for the Arts

SODEC Québec

Catalogage avant publication de Bibliothèque et Archives nationales du Québec et Bibliothèque et Archives Canada

Bergeron, Alain M.
Capitaine Static. 6, Mystère et boule de gomme !
Bandes dessinées.
Pour les jeunes.
ISBN 978-2-7644-2514-5 (Version imprimée)
ISBN 978-2-7644-2652-4 (PDF)
ISBN 978-2-7644-2653-1 (ePub)
I. Sampar. II. Titre. III. Titre : Mystère et boule de gomme !.
PN6734. C356B47 2014　j741. 5'971　C2013-942385-0

Dépôt légal : 2e trimestre 2014
Bibliothèque nationale du Québec
Bibliothèque nationale du Canada

quebec-amerique.com

Imprimé en Chine
10 9 8 7 6 5 4 3 2 1　17 16 15 14 13
PO 559

À Delaf et Dubuc,
les créateurs fantas… TIC! des Nombrils!

AVERTISSEMENT

Qui s'y frotte, s'y *TIC !*
Telle est la devise du Capitaine Static.

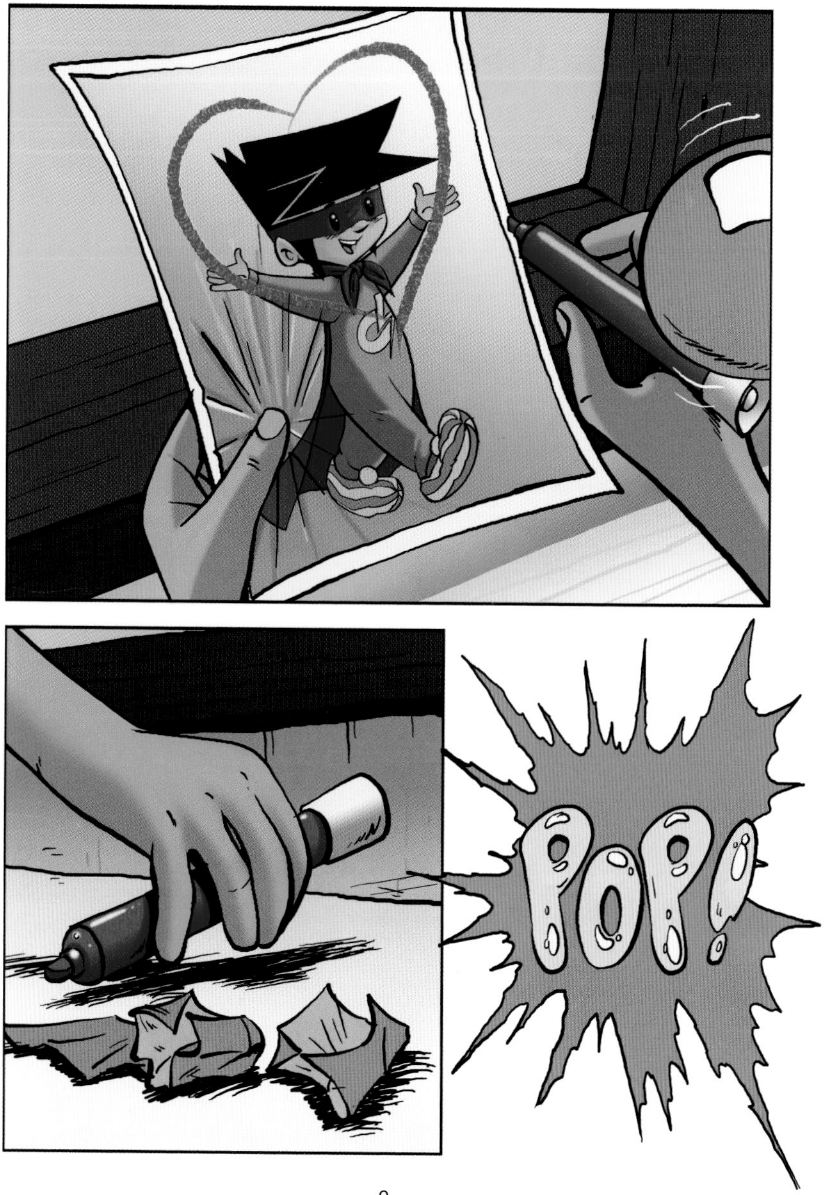
POP!

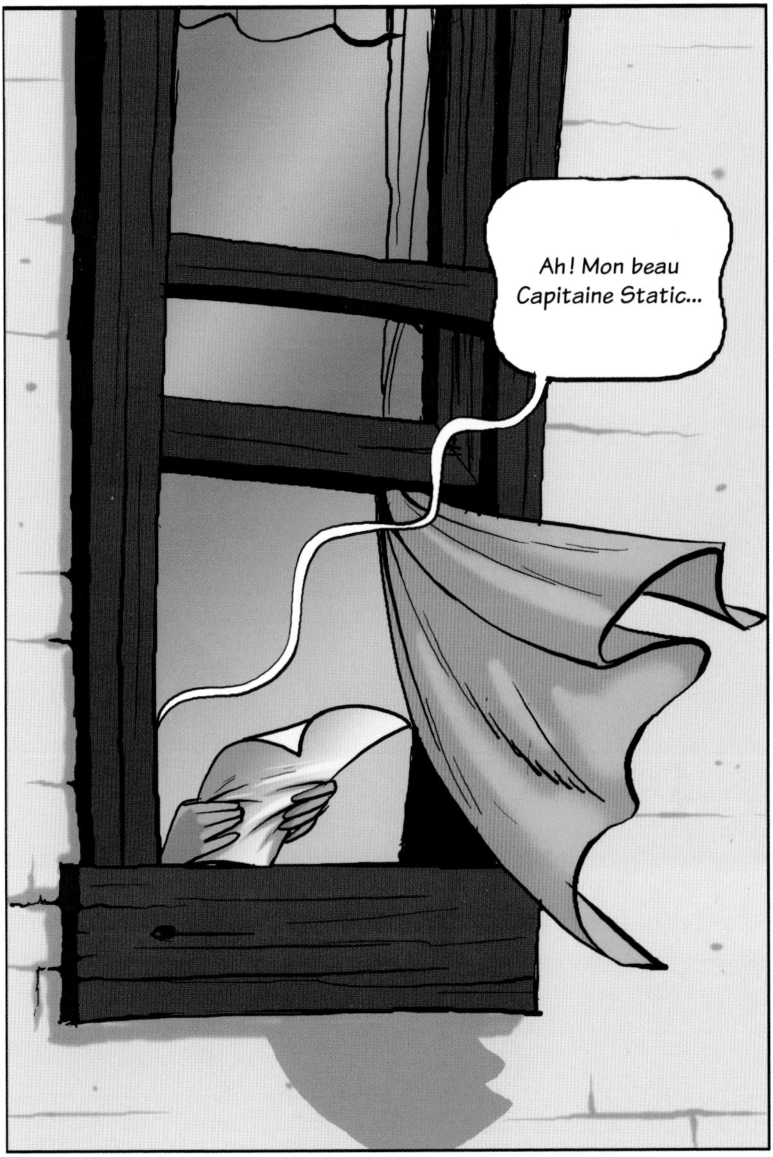
Ah ! Mon beau Capitaine Static...

Chapitre 1

Pas de vacances pour les super-héros !

Superman ou Spider-Man prenaient-ils une pause l'été dans leur carrière dès les classes finies ? Ou alors pourchassaient-ils les vilains par plus de 35 degrés Celsius avant de les mettre au frais, à l'ombre, au cachot ?

Pourquoi est-ce que je me pose ces questions ? Probablement parce que le soleil, justement, me tape trop fort sur la tête. C'est l'été et pour la première fois depuis que je suis devenu le magnifique, le fantas... *TIC* ! Capitaine Static, j'ai décidé de refaire le plein d'énergie.

Avec Pénélope, ma meilleure amie, et Fred, son jeune frère, je vais à la plage aujourd'hui.

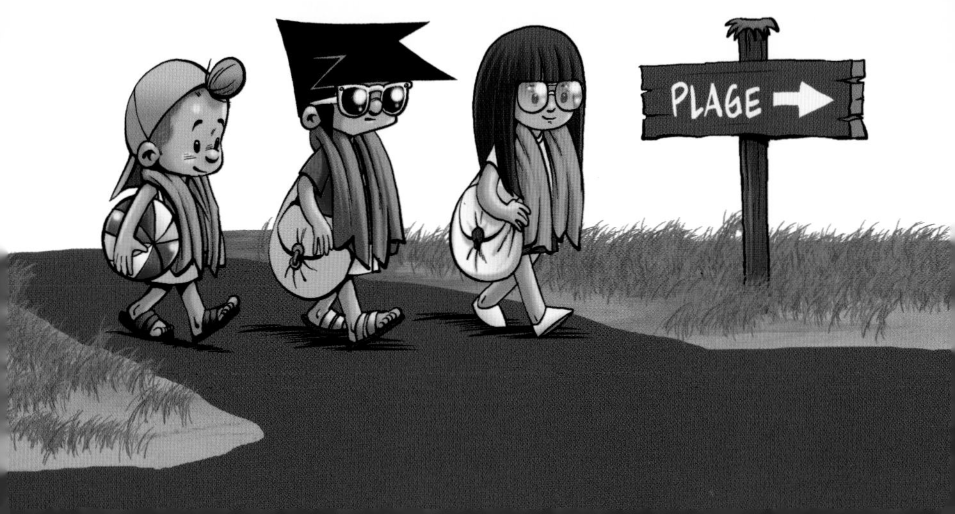
PLAGE

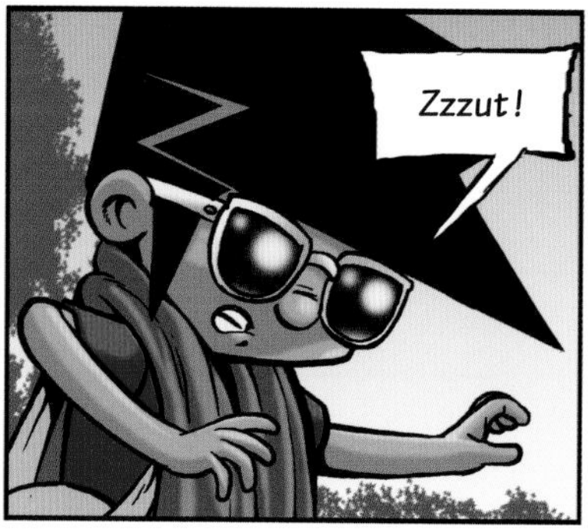
Zzzut !
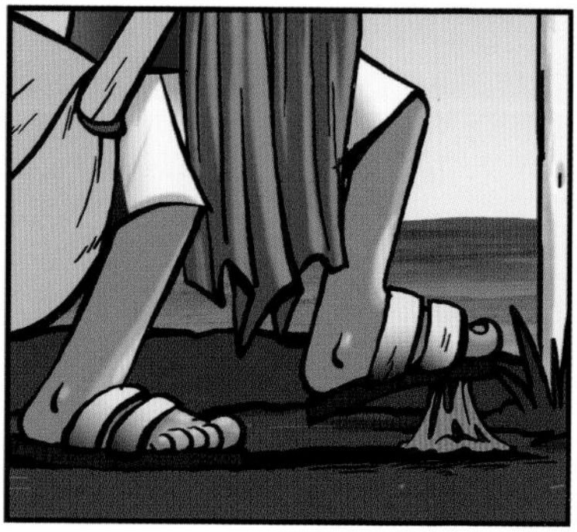

J'ai marché sur une grosse gomme rose. Elle est maintenant collée à la semelle de ma sandale. Sur une jambe, tel un flamant, je m'appuie sur Fred. Il a toujours été un bon support pour moi… J'essaie de retirer la gomme avec une roche pointue. Beurk !

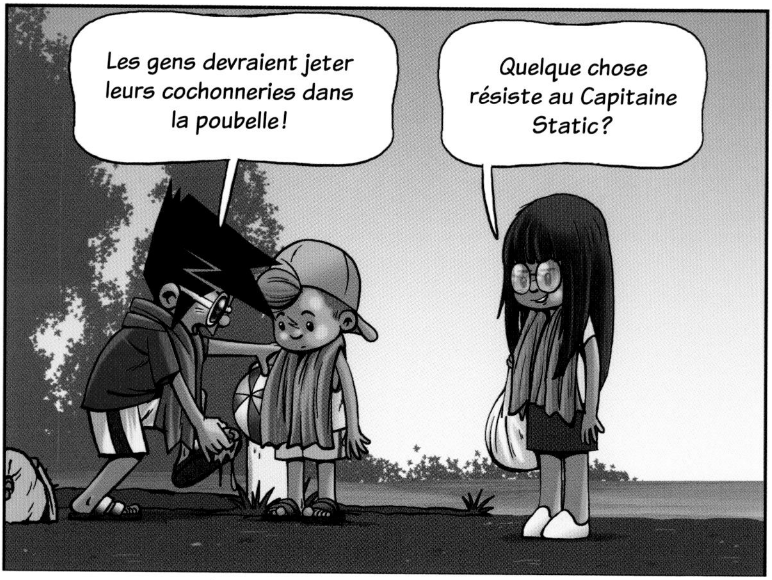
Les gens devraient jeter leurs cochonneries dans la poubelle !
Quelque chose résiste au Capitaine Static ?

Je réussis à extraire l'intruse. La gomme mâchée tombe au sol. Je n'ai pas le temps de la ramasser que quelqu'un d'autre pile dessus ! L'homme bedonnant est fâché.

— Eh ! Tu devrais jeter tes cochonneries dans la poubelle ! me blâme-t-il.

Il enlève sa chaussure et me la tend. Reprise de l'opération nettoyage. Re-Beurk !

Cette fois-ci, je m'exécute au-dessus d'une poubelle. Ma tâche terminée, et mes excuses acceptées, nous poursuivons notre route vers la plage.

Avec mes amis, je repère une place pour nous installer. Il y a beaucoup de monde au rendez-vous. J'espère que les gens ne prêteront pas trop attention à mon bronzage... D'ailleurs, Fred me fait remarquer :

Tu devrais porter moins souvent ton costume au soleil, Capitaine Static...
Ah ! Pourquoi ?
C'est plutôt évident, non ?
Je ne vois pas ce que tu veux dire...

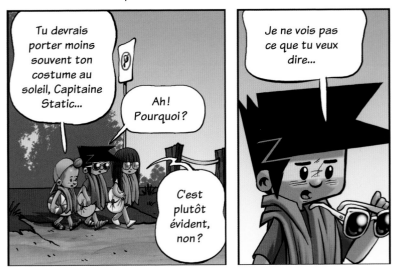

Pénélope désigne mon sac de plage.

— Tu as apporté ta serviette ?

Je suis un peu mal à l'aise, mais je ne souhaite pas trop le montrer.

— Oui… euh… et de la crème solaire…

Nous trouvons enfin un espace libre sous un parasol. Près de nous, des enfants construisent un gros château de sable. D'autres jouent au ballon ou au frisbee. Certains nagent ou font la bombe.

— C'est l'endroit rêvé ! dit Pénélope.

Ah ! La journée est idéale. Les gens sont détendus. On est entre amis. Vive les vacances ! Soudain, une bourrasque de sable nous gifle le visage… Un tourbillon balaie la plage.

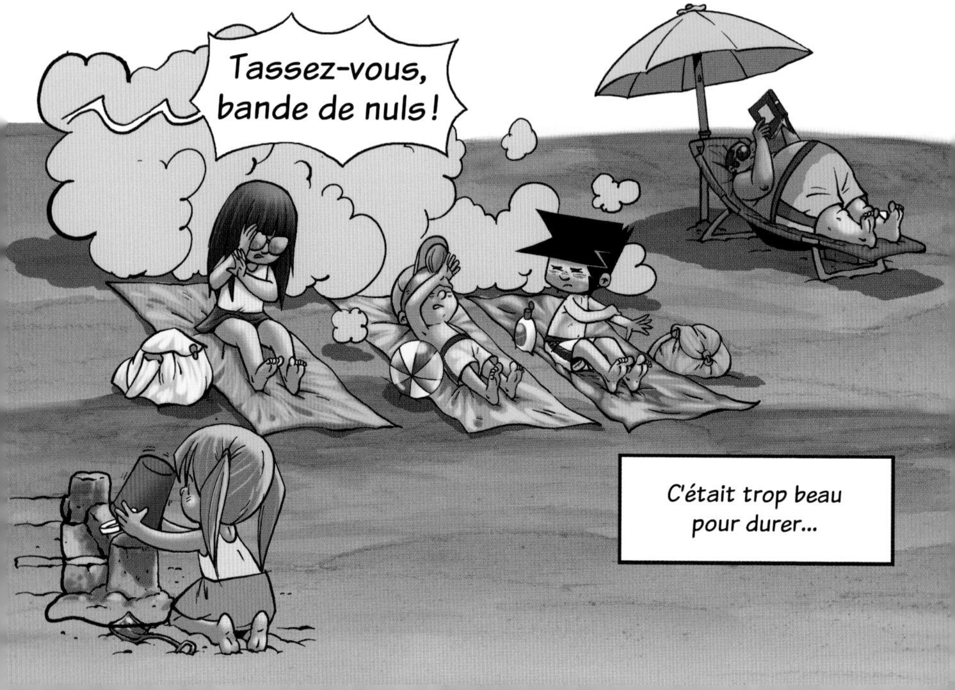
Tassez-vous, bande de nuls !
C'était trop beau pour durer...

Miss Flissy s'avance avec Gros Joe et sa bande derrière elle. À l'approche du château de sable, Miss Flissy bondit dans les airs, tourbillonne violemment et projette un nuage de sable sur les voisins. Le château est presque détruit. Il n'y a qu'une tour qui, miraculeusement, n'a pas été touchée.

Qu'attends-tu?
Voilà le travail, Angélikoukou!
Je t'ai répété mille fois de ne pas m'appeler ainsi!

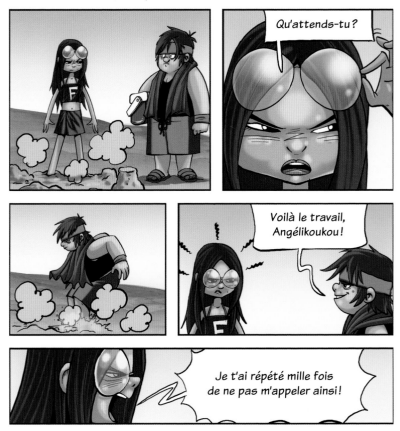

Ils s'éloignent, laissant derrière eux les restes d'un château de sable et un petit enfant qui pleure.

Vraiment, les super-héros n'ont pas une seconde de répit, même en juillet... Je m'empare de mon sac de plage et je cours me chercher un coin pour me changer.

— Où vas-tu, Charles? me demande Pénélope.

— Il va redevenir le Capitaine Static, voyons! dit Fred, excité.

Je n'ai pas menti à Pénélope. Dans mon sac de plage, j'ai effectivement glissé un tube de crème solaire et une serviette. Et j'ai aussi apporté mon costume et mes pantoufles. Réflexe de super-héros, je présume. C'est devenu une seconde nature. Et mon expérience m'a appris, au fil des mois, que le danger rôde également lors des congés scolaires.

J'aperçois une cabine téléphonique. Je me faufile à l'intérieur et je me change pour en ressortir en tant que Capitaine Static, pantoufles au pied. J'emporte avec moi mon sac de plage et je m'élance vers la scène du crime. Miss Flissy, Gros Joe et compagnie ont détruit d'autres châteaux de sable. Ils ont l'intention de s'attaquer à Pénélope.

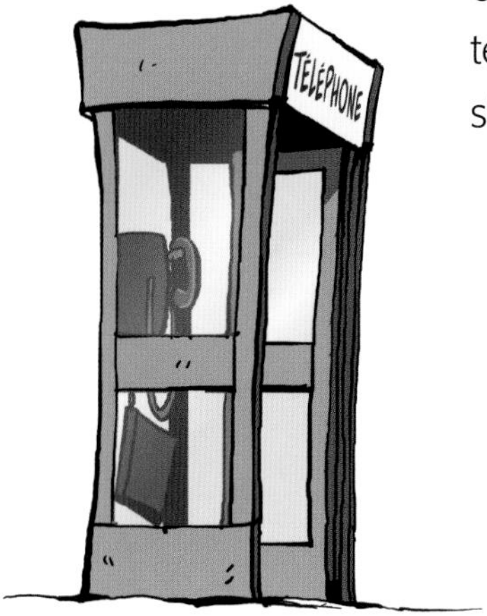
TÉLÉPHONE

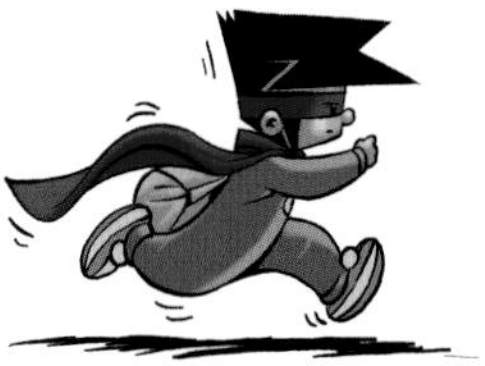

Fred est couché sur le dos et Miss Flissy a déposé sa longue serviette sur lui – elle lui recouvre complètement le corps, de la tête aux pieds.

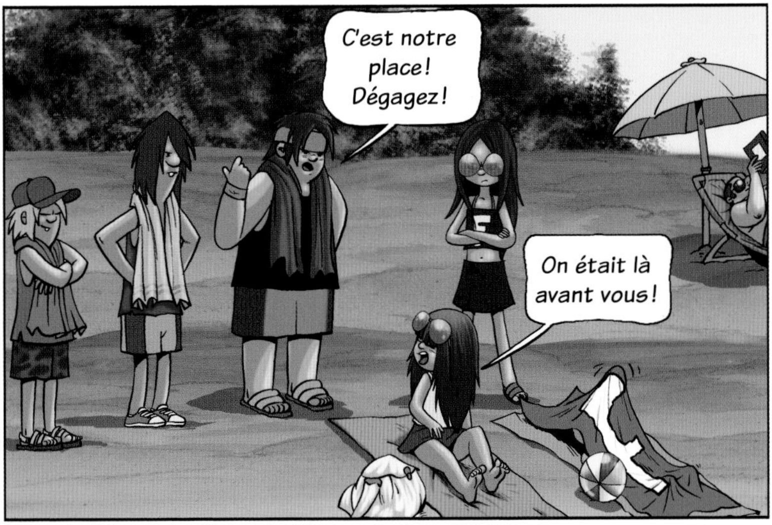
C'est notre place! Dégagez!
On était là avant vous!

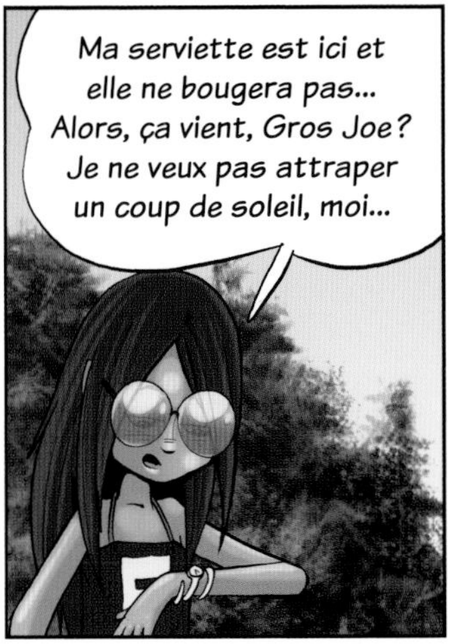
Ma serviette est ici et elle ne bougera pas... Alors, ça vient, Gros Joe? Je ne veux pas attraper un coup de soleil, moi...

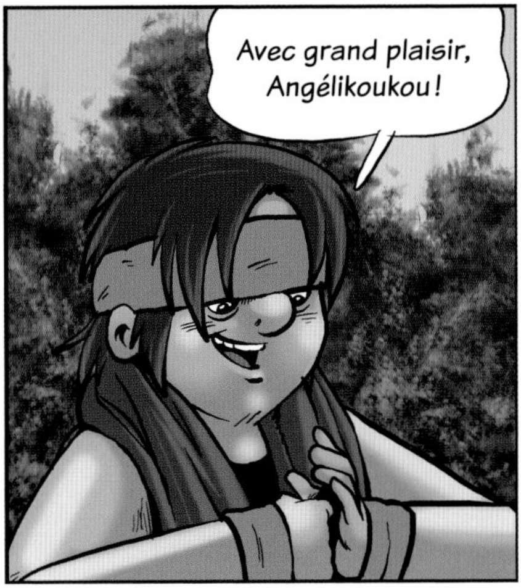
Avec grand plaisir, Angélikoukou!

Je jette ma serviette de plage sur le sable, je l'étends rapidement, non pas pour m'y faire dorer au soleil, mais pour m'y frotter les pieds.

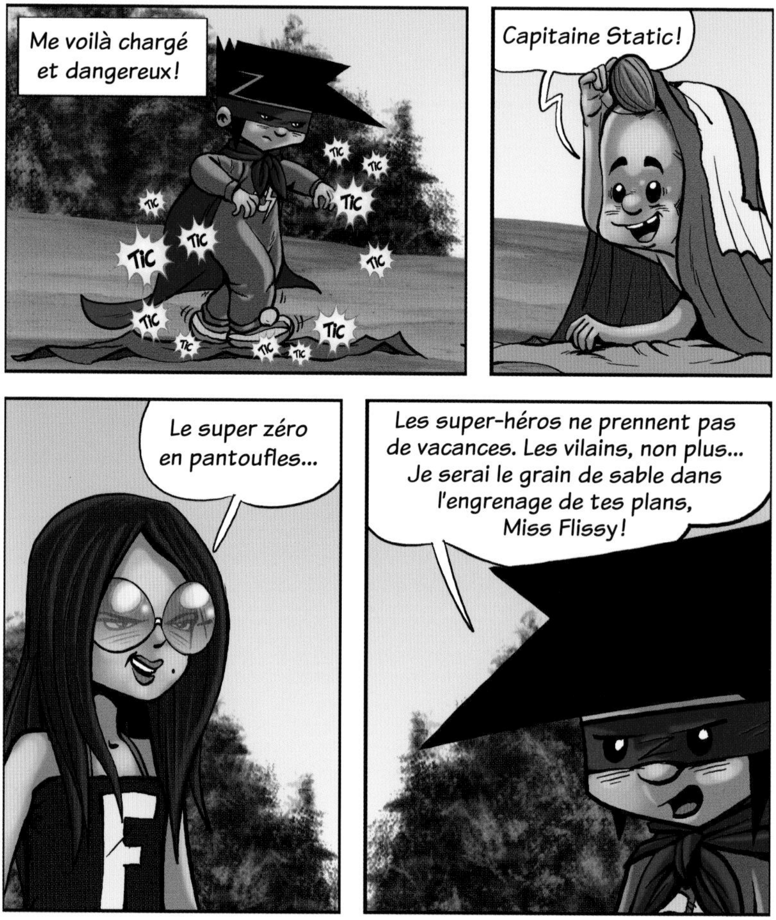
Me voilà chargé et dangereux!
TIC TIC TIC TIC TIC TIC TIC TIC TIC TIC TIC TIC
Capitaine Static!
Le super zéro en pantoufles...
Les super-héros ne prennent pas de vacances. Les vilains, non plus... Je serai le grain de sable dans l'engrenage de tes plans, Miss Flissy!

Eh! C'est bon ça! L'inspiration du moment! C'est une réplique digne d'un super-héros!

Gros Joe et sa bande reculent d'un pas. Miss Flissy les incite à passer à l'attaque avec sa politesse coutumière.

— Allez, bande d'idiots! Il est incapable de se charger sur le sable! Il n'y a pas de tapis, ici.

Je fais mine d'être terrifié.

— Oh non! Je suis démasqué!

Miss Flissy montre la foule qui observe la scène.

— Tous ces gens assisteront à ton humiliante défaite, Capitaine Plastic. Tous avec moi!

Miss Flissy virevolte dans les airs avec, dans son sillage, Gros Joe et sa bande. Un éclair fulgurant plus tard – *TIC*! – les cinq vilains sont étendus sur le sable, dans des positions grotesques. Gros Joe a la tête carrément enfouie dans le sable.

Ne fais pas l'autruche, Gros Joe! Tu ne t'en souviens plus? Qui s'y frotte, s'y TIC!

Je rejoins Miss Flissy, encore sonnée. Je lui désigne un endroit sur la plage.

— Il y a un bambin qui espère des excuses.

Péniblement, Miss Flissy s'éloigne avec Gros Joe vers l'enfant. Satisfait, Fred frappe dans mes mains.

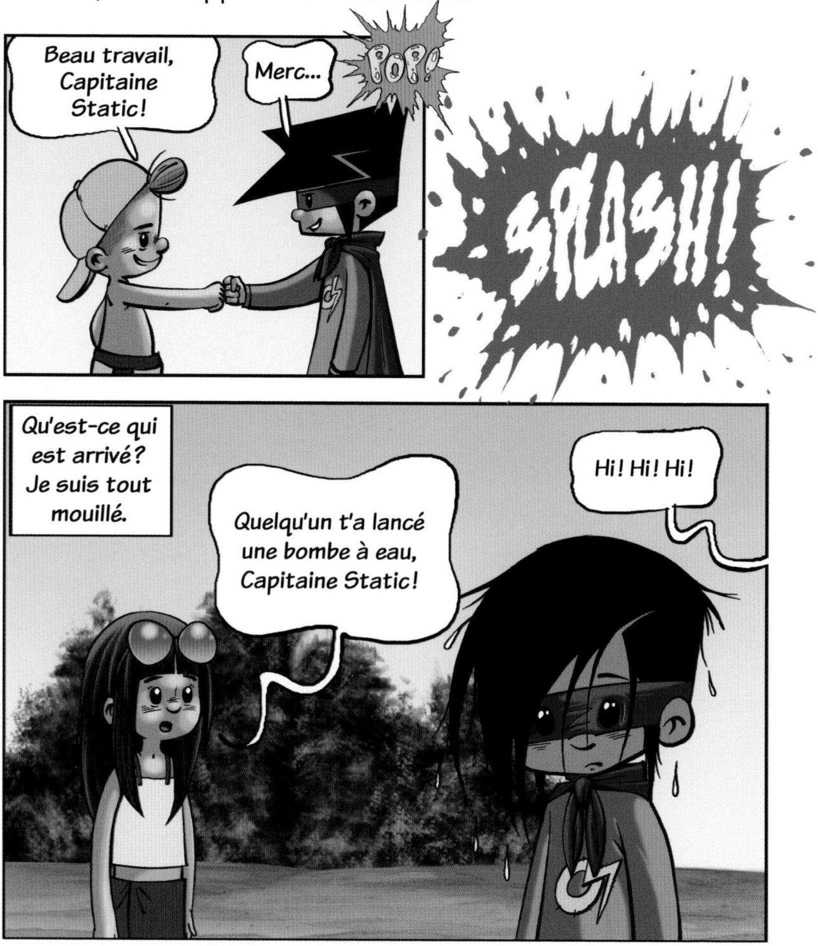
Beau travail, Capitaine Static!
Merc...
POP!
SPLASH!
Qu'est-ce qui est arrivé? Je suis tout mouillé.
Quelqu'un t'a lancé une bombe à eau, Capitaine Static!
Hi! Hi! Hi!

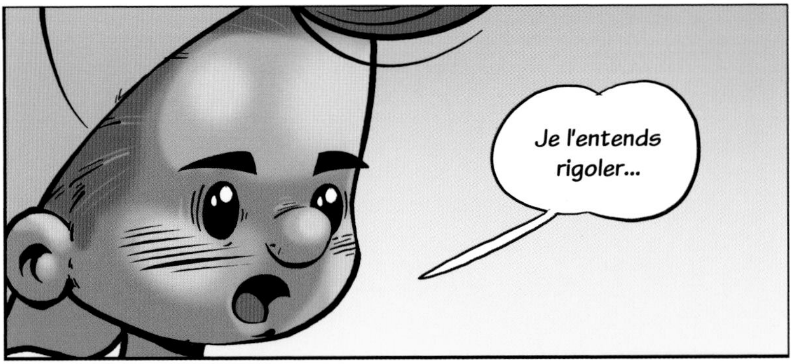
Je l'entends
rigoler...

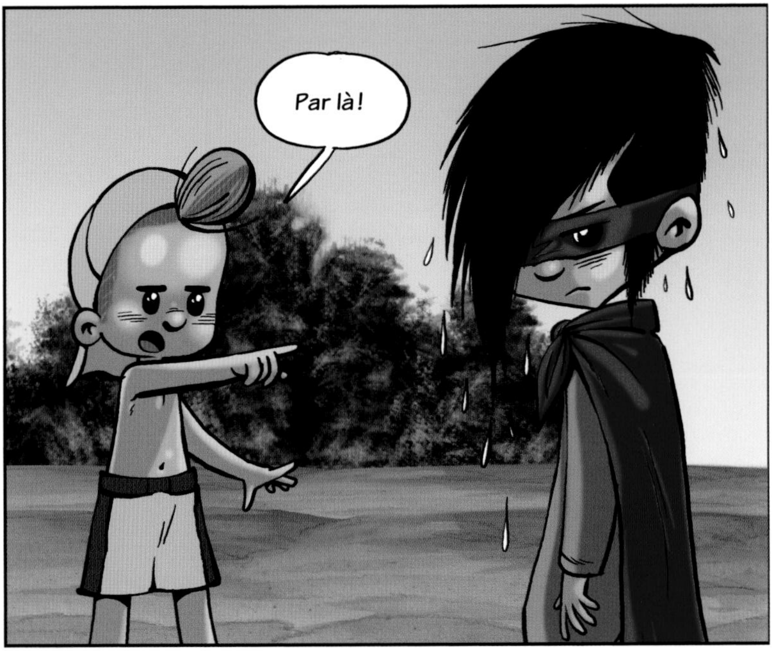
Par là!

C'est parmi ceux et celles qui ont assisté à la confrontation avec Miss Flissy et Gros Joe.

Qui a osé faire ça?

Chapitre 2

Madame Ruel marche en direction de la plage. Elle porte un gigantesque et ridicule chapeau ainsi qu'un peignoir de bain avec de grosses marguerites. Elle tient dans ses bras son fameux et précieux chat, Newton III.

— Un bain de soleil pour nous deux, c'est excellent pour notre peau avant le concours félin, lui dit-elle.

Une fois à destination, elle est ennuyée par des enfants qui se bagarrent à coups de pistolets à eau. Elle cherche à protéger son chat.

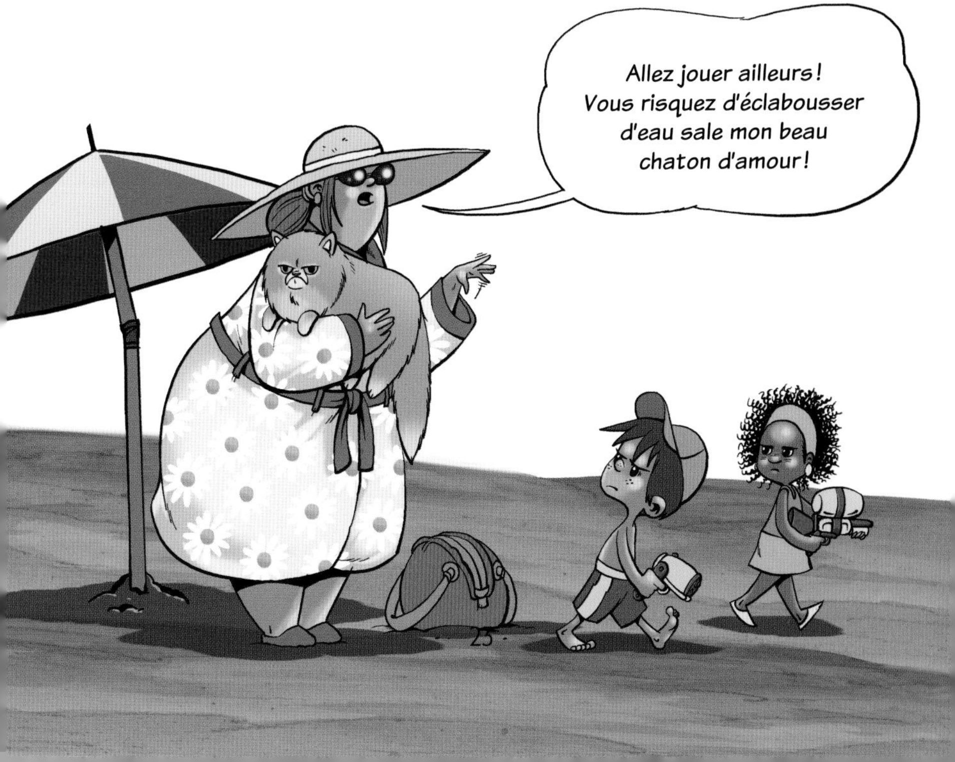
Allez jouer ailleurs ! Vous risquez d'éclabousser d'eau sale mon beau chaton d'amour !

Les enfants s'éloignent en maugréant. Newton III me reconnaît et se précipite vers moi. Ce n'est pas une bonne idée !

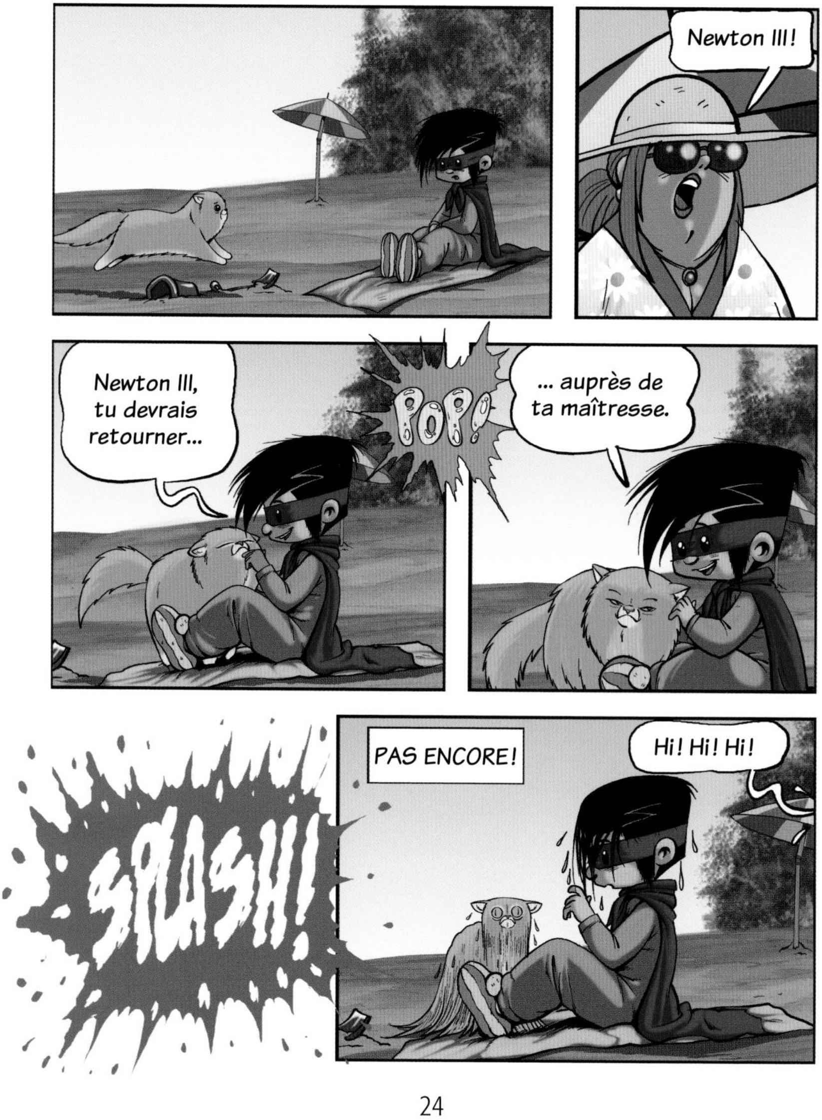

Newton III!
Newton III, tu devrais retourner...
POP!
... auprès de ta maîtresse.
SPLASH!
PAS ENCORE!
Hi! Hi! Hi!

Pourquoi madame Ruel est-elle arrivée à cet instant précis ? Le destin est contre moi. Je lui tends son minet…

— AAAAAAAH ! Mon chaaaaaaaaat !

Je tente de plaider ma cause. Autant essayer de manger une crème glacée entière en pleine canicule sans faire de gâchis.

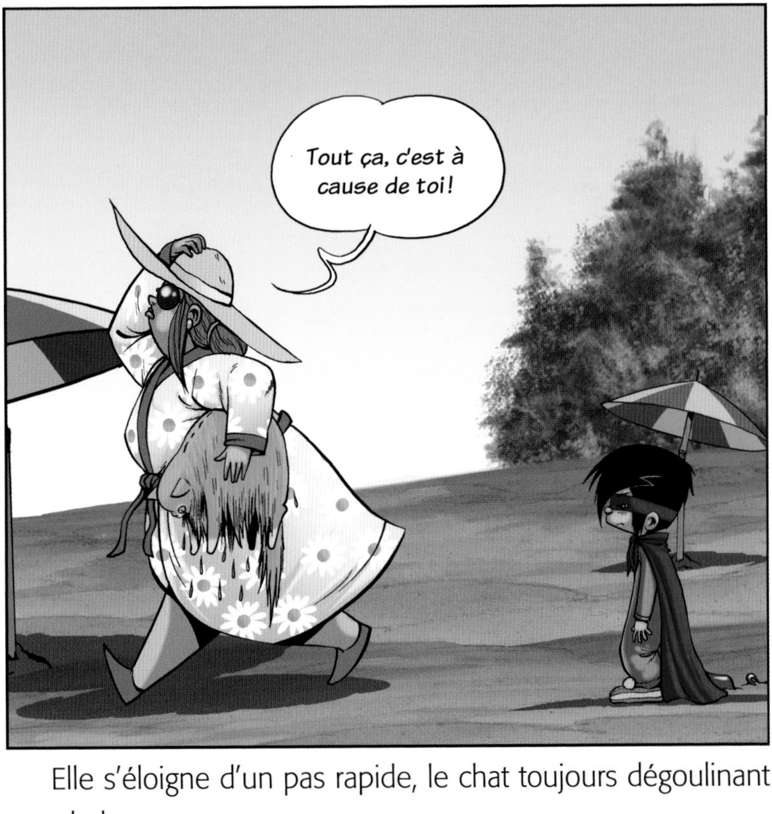
Tout ça, c'est à cause de toi !

Elle s'éloigne d'un pas rapide, le chat toujours dégoulinant sous le bras.

Je jette un coup d'œil autour de moi. Les regards fuient, les sourires se dressent… Quelqu'un se moque de moi…

Est-ce un incident isolé ? Suis-je devenu la cible d'un mystérieux tireur de bombes à eau ? Miss Flissy, Gros Joe et sa bande sont-ils en cause ? Peut-être…

Ou me suis-je fait un nouvel ennemi ? Qui en veut au Capitaine Static ?

J'en parle avec Pénélope et Fred sur la terrasse d'un comptoir à crème glacée. C'est un bon endroit pour me rafraîchir les idées. Je déguste une glace à la vanille.

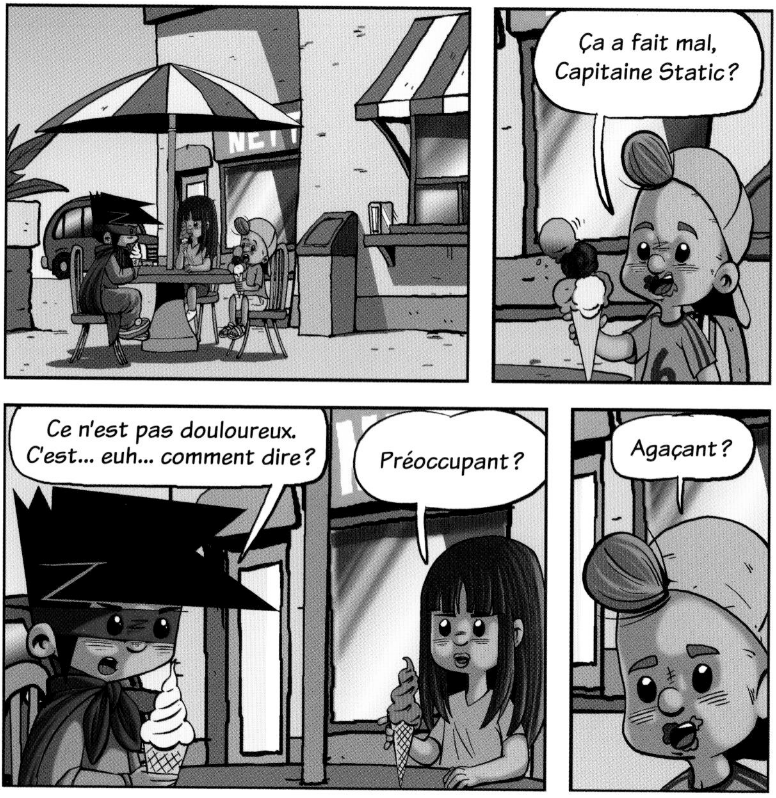
Ça a fait mal, Capitaine Static ?
Ce n'est pas douloureux. C'est… euh… comment dire ?
Préoccupant ?
Agaçant ?

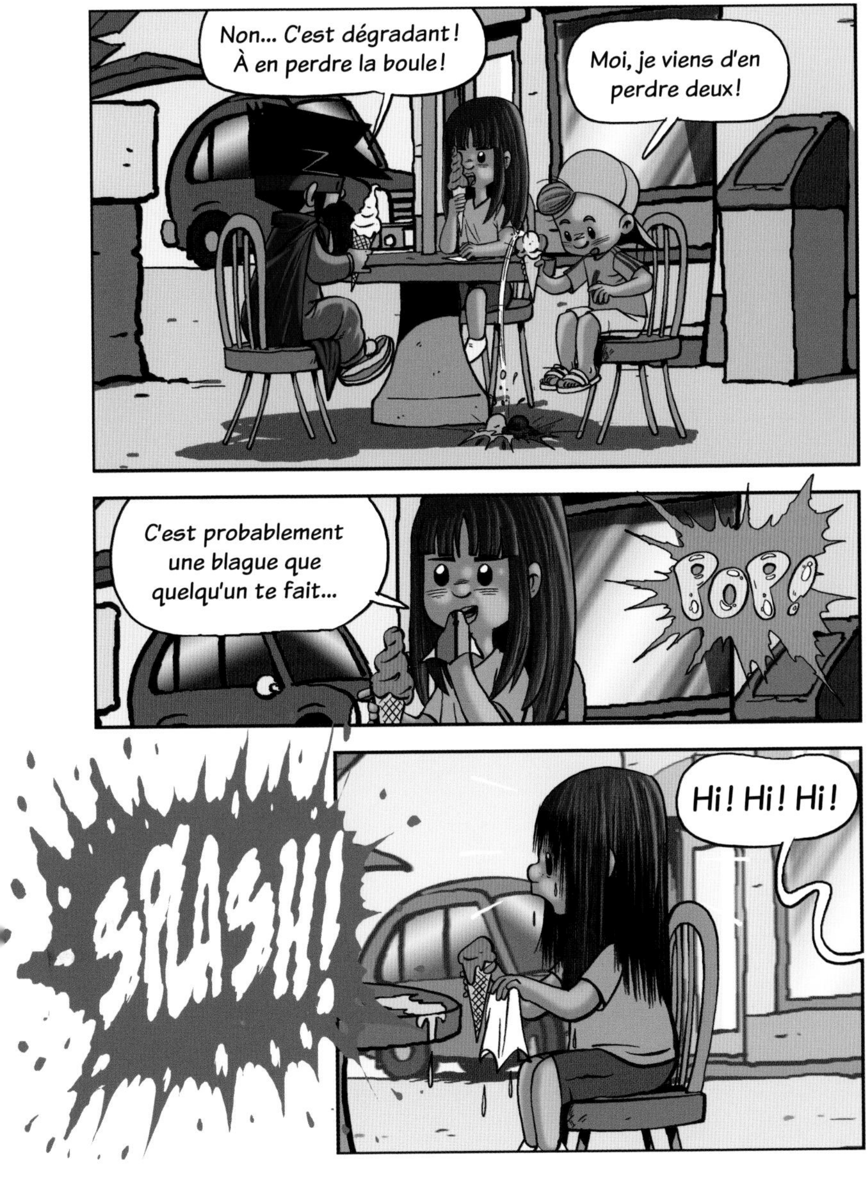
Non... C'est dégradant!
À en perdre la boule!
Moi, je viens d'en perdre deux!
C'est probablement une blague que quelqu'un te fait...
POP!
SPLASH!
Hi! Hi! Hi!

À ma grande surprise et à celle de Fred, Pénélope est mouillée des pieds à la tête. Immédiatement, elle explose de fureur.

— Qui a osé me faire ça? C'est Miss Flissy, j'en suis sûre! Il faut appeler mon avocat, la police, l'armée, la NASA! On m'a agressée!

Autour d'elle, les gens se retiennent pour ne pas rire. Je cherche les bons mots pour la calmer un peu.

— Voyons, Pénélope… C'est juste une blague que quelqu'un te fait… Et c'est bon pour ton humidité, ça…

Mes efforts sont vains. Elle ne décolère pas.

— Humidité? C'est humilité! Tu racontes n'importe quoi!

Pénélope regrette déjà ses mots. Elle se détend.

Visiblement navrée, Pénélope me regarde.

— Finalement, Charles, tu avais raison: c'est vrai que c'est… humiliant.

Une mauvaise nouvelle n'arrive jamais seule.

— Pénélope chérie, tu te douches en public? Un peu de décence, s'il te plaît. Il y a des gens qui mangent…

C'est Angélikou Demontigny, suivie de Gros Joe et de sa bande.

— Il n'y a pas à dire, Pénélope: tu es dégoûtante! se moque Gros Joe.

Je me lève de ma chaise et je le pointe de mon index.

— Ça, c'est la goutte qui fait déborder le vase!

Toutefois, nos ennemis ne nous accordent aucune autre attention. Ils poursuivent leur route en s'esclaffant. Pénélope m'incite à me rasseoir. De toute façon, mes batteries sont à plat. Mes énergies sont concentrées à déterminer qui est ce mystérieux assaillant... Fred, qui n'a peur de rien en ma présence, lance un dernier avertissement à Gros Joe et compagnie.

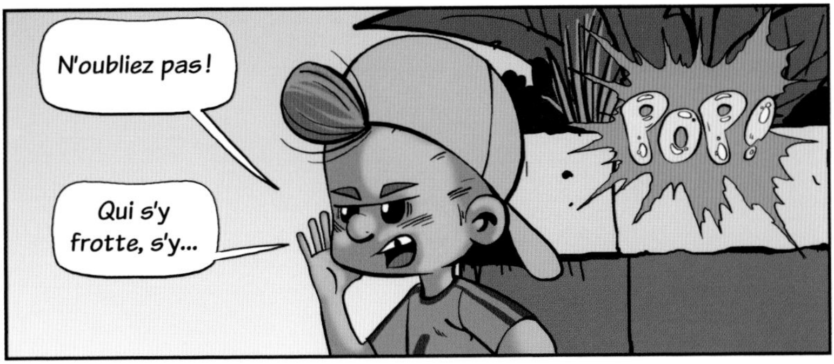
N'oubliez pas!
Qui s'y frotte, s'y...
POP!

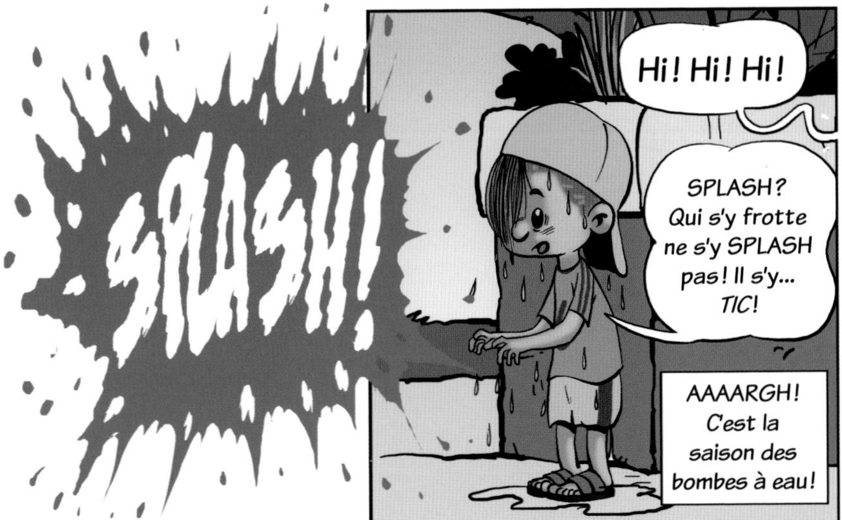
SPLASH!
Hi! Hi! Hi!
SPLASH? Qui s'y frotte ne s'y SPLASH pas! Il s'y... TIC!
AAAARGH! C'est la saison des bombes à eau!

Chapitre 3

Monsieur Patrice, enseignant de Charles Simard et de Pénélope, est devant son miroir. Sa tenue est décontractée, signe qu'il se prépare pour une sortie. Il peigne soigneusement ses cheveux. Il porte une perruque, très apparente, malgré ce qu'il en pense. Il place et replace ses cheveux pour être certain de l'effet désiré.

Enfin satisfait du résultat, il quitte la maison en sifflotant, bien dans sa peau. Dans la rue, il distribue les sourires et les salutations à gauche et à droite. Madame Ruel, furieuse, avec son chat mouillé sous le bras, ne répond pas à sa bonne humeur pourtant contagieuse.

Déambulant au centre-ville, il se mire dans une vitrine de magasin afin de repeigner ses nouveaux cheveux.

Monsieur Patrice continue sa marche. Il croise Miss Flissy, Gros Joe et sa bande qui le saluent par un grognement, puis qui se retournent, semblant s'interroger sur son identité.

C'est un peu plus loin que monsieur Patrice nous voit, Pénélope, Fred et moi. Nous nous arrêtons pour discuter un peu. Il a un grand sourire accroché aux lèvres.

Bonjour, les jeunes ! Vous profitez de vos vacances ?
Les super-héros n'en prennent pas, vous vous en doutez bien...
Vous avez quelque chose de différent, monsieur Patrice...
Ah ! Tu crois ?

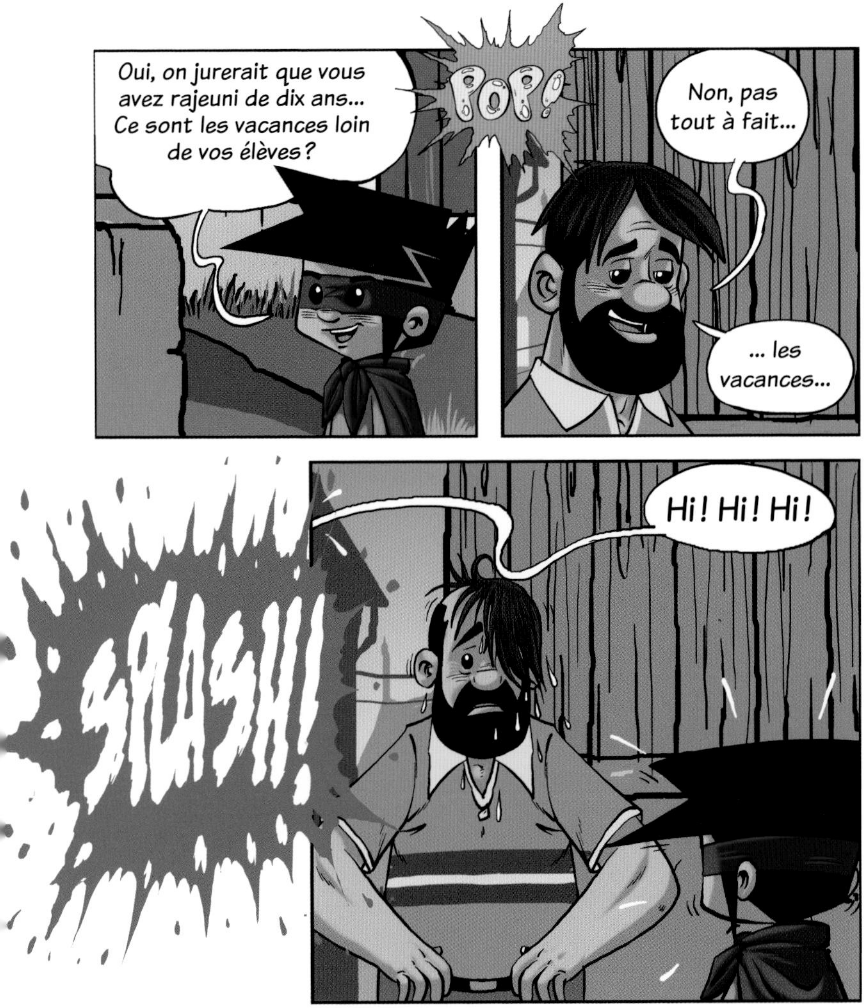
Oui, on jurerait que vous avez rajeuni de dix ans... Ce sont les vacances loin de vos élèves?
POP!
Non, pas tout à fait...
... les vacances...
SPLASH!
Hi! Hi! Hi!

Monsieur Patrice est tout mouillé. Il en a perdu sa perruque qui pend sur le côté gauche de son visage. Il a maintenant très mauvaise allure. Je ne sais trop comment réagir face à cette délicate situation. Rire ou… rire?

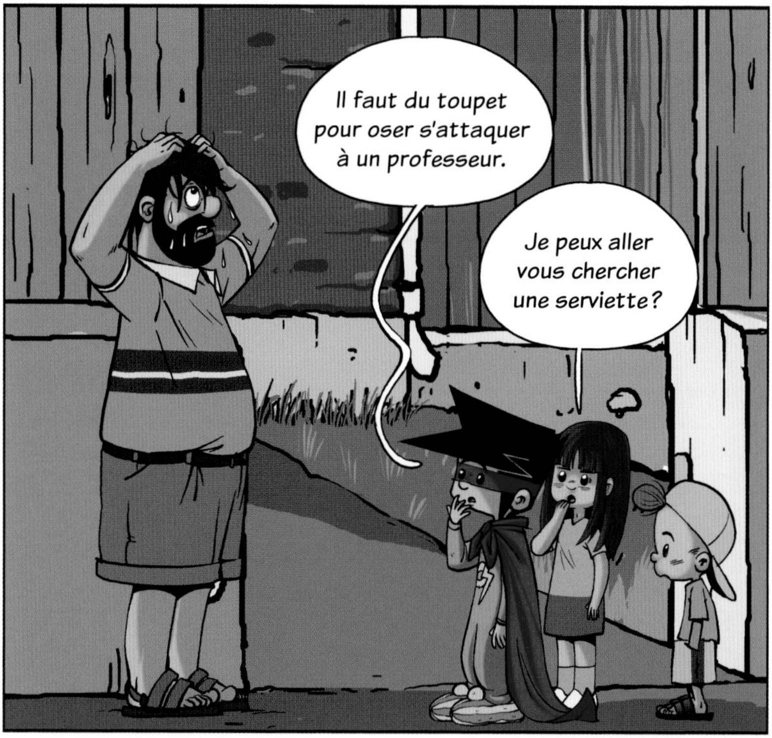
Il faut du toupet pour oser s'attaquer à un professeur.
Je peux aller vous chercher une serviette?

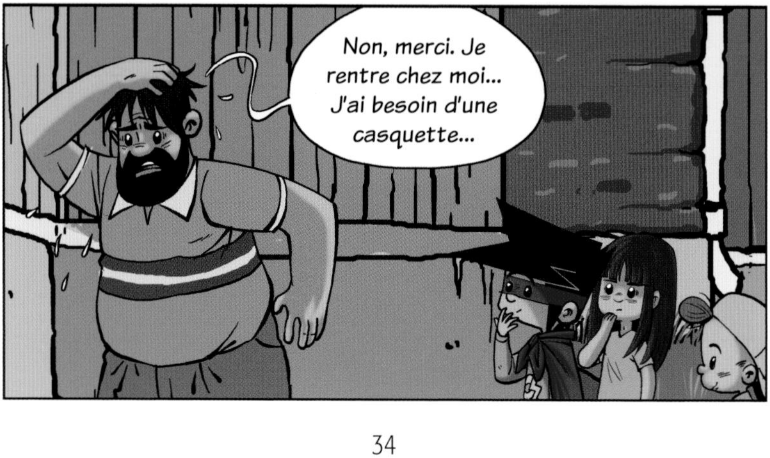
Non, merci. Je rentre chez moi... J'ai besoin d'une casquette...

Fraîches données de mon enquête sur les bombes à eau qui terrorisent la POPulation de ma ville :

Juste avant l'attaque, j'ai perçu un petit bruit ou un cri : POP ! Ensuite, il y a eu ce gros SPLASH, suivi d'un rire : Hi ! Hi ! Hi !

Qui est derrière ça ? Mystère et boule de gomme ! N'empêche : mes soupçons se portent sur Gros Joe. Dans cette histoire de bombes à eau, il serait de mèche avec Miss Flissy. Cependant, mon intuition de super-héros m'amène aussi à envisager la présence d'un nouveau vilain. Qui ? Et pourquoi ? Je suis totalement dans le brouillard.

Presque chaque jour, je subis l'affront d'une bombe à eau.

Dorénavant, je ne sors plus sans être chargé et sans être vêtu de mon costume de Capitaine Static. Tant pis pour mon bronzage. L'objectif ultime de mon été n'est pas d'apparaître en maillot de bain sur la couverture du magazine *Les Bronzés*... Je vais réserver ce privilège à Gros Joe. Brrrr...

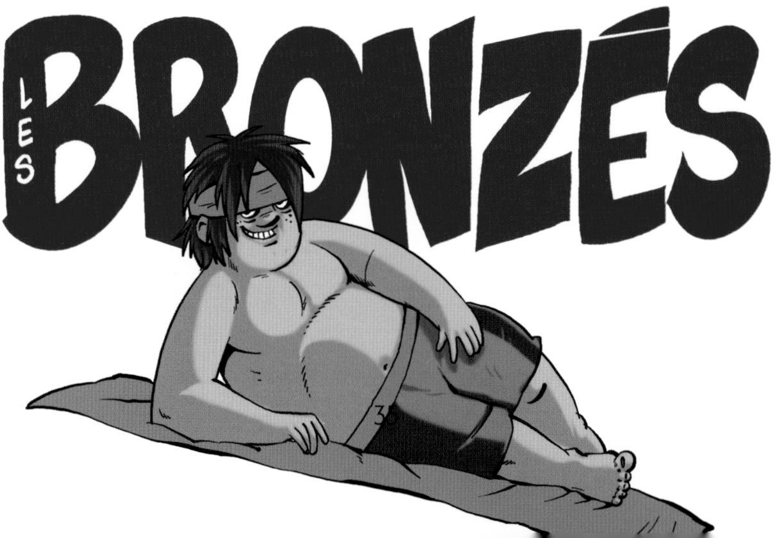
LES
BRONZÉS

Chapitre 4

Avec ces menaces de bombardements aquatiques qui pèsent sur nos têtes, je deviens de plus en plus nerveux. Je croyais que les vacances, c'était pour se reposer entre deux années scolaires.

Chaque heure, j'appréhende le prochain attentat à la bombe à eau. Parmi les bruits de la ville, de la plage, du quartier, du parc, je guette le fameux «POP!»…

Il n'est pas question de relâcher ma vigilance.

Je rejoins mes amis Pénélope et Fred au comptoir à crème glacée, au centre-ville. Je choisis une place sur la terrasse qui me procurera une vue panoramique des environs. J'ai aussi apporté un parapluie. Il est appuyé contre ma chaise, donc à portée de main.

Il y a foule encore une fois aujourd'hui. Le temps s'écoule lentement comme sur la chaise d'un dentiste. J'ai beau scruter les gens, vérifier les mouvements suspects sur les toits des immeubles, je ne décèle rien d'inquiétant.

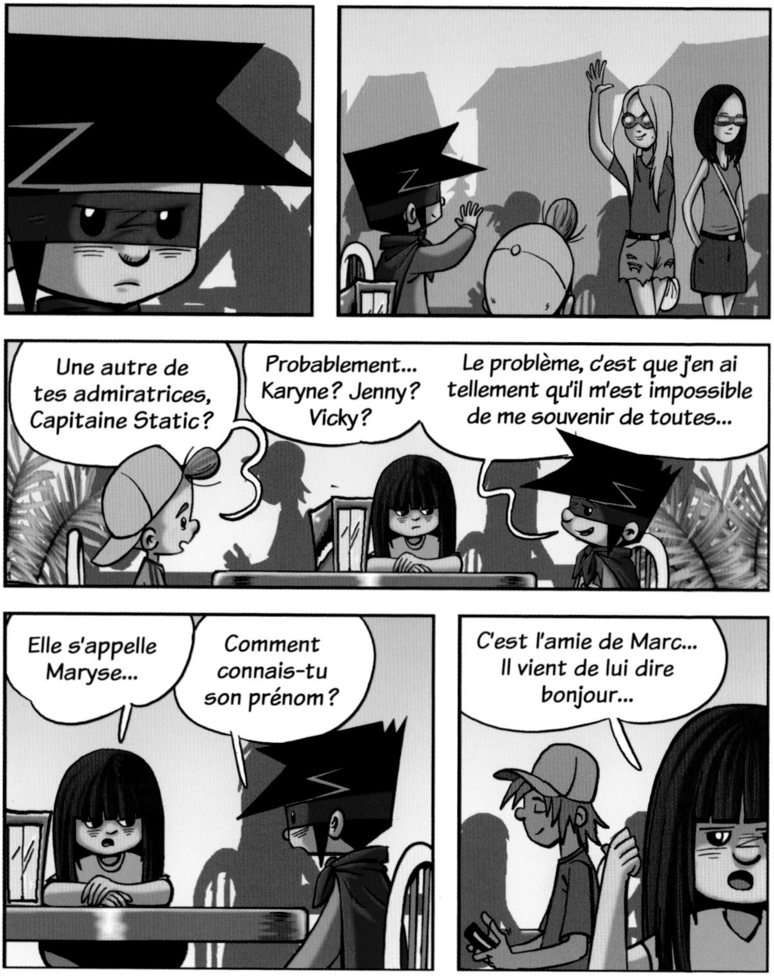

Une autre de tes admiratrices, Capitaine Static?
Probablement... Karyne? Jenny? Vicky?
Le problème, c'est que j'en ai tellement qu'il m'est impossible de me souvenir de toutes...
Elle s'appelle Maryse...
Comment connais-tu son prénom?
C'est l'amie de Marc... Il vient de lui dire bonjour...

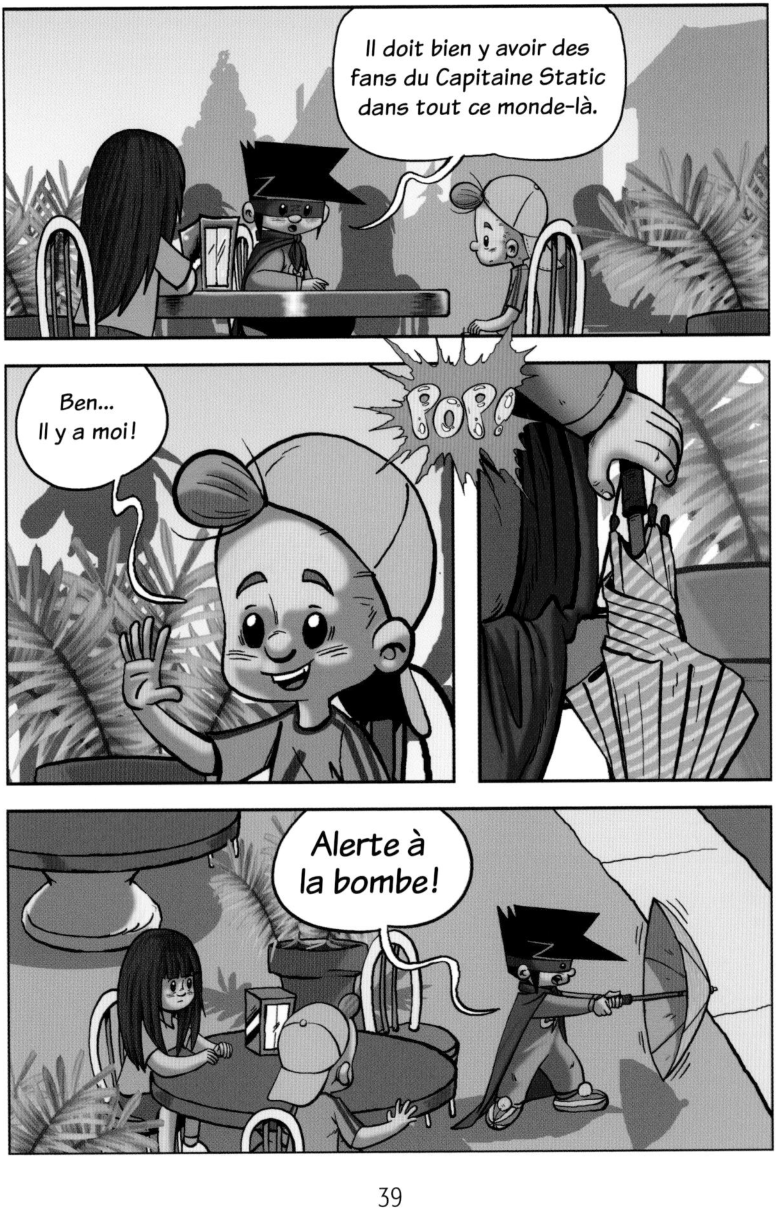
Il doit bien y avoir des fans du Capitaine Static dans tout ce monde-là.
Ben... Il y a moi!
POP!
Alerte à la bombe!

Cinq secondes plus tard, une bombe à eau explose sur mon parapluie.

SPLASH!

— Hi! Hi! Hi!

Elle éclabousse les clients autour. Nous trois, nous sommes encore au sec. Merci à ma prévoyance. Je risque un coup d'œil pour observer d'où pouvait provenir l'attaque. Mon regard est attiré par un immeuble de deux étages, en face du comptoir à crème glacée.

— Là-haut! J'ai vu quelqu'un bouger!

Pas une minute à perdre. Je fends la foule sur le trottoir pour traverser la rue. Habilement, je me glisse entre les voitures. Rendu au pied de l'immeuble, j'aperçois une cage d'escalier au fond de la cour. C'est certainement par là qu'est monté POP et par là qu'il redescendra. POP, c'est le nom que je donne à mon ennemi, en attendant de découvrir à qui j'ai réellement affaire.

Je m'arrête au bas de l'escalier et j'y rencontre, à ma grande surprise, une fillette en pleurs. Elle est mouillée jusqu'à la pointe de ses longs cheveux blonds.

— Au secours, Capitaine Static !

— Me voilà ! Je… Je…

Argh ! J'ai de la misère avec mes réparties. Il me faudrait un dictionnaire de répliques des super-héros, selon les circonstances. Pour l'instant, c'est tout ce qui me passe par la tête :

— Ne crains rien, je suis là… Tu t'appelles ?

Bravo, champion… La jeune fille renifle.

— Carrie…

— C'est… euh… un beau prénom… Sais-tu qui t'a lancé la bombe à eau ?

— J'ai vu quelqu'un descendre l'escalier. Il a fait « POP ! » et puis j'ai été frappée par une bombe à eau !

Carrie sonde la foule. Puis, elle s'attarde sur un type curieusement habillé. Presque excitée, elle le montre du doigt.

— C'est lui ! C'est lui ! Le gars avec un chandail rouge à col roulé.

Je l'avais remarqué. Son col lui remonte jusque sur le nez.

— POP ! POP !

Plusieurs personnes se retournent, dont POP. Je devine une grimace de surprise sous son col. Il se demande sûrement comment le célèbre Capitaine Static a pu le repérer si vite. Car j'ai un sérieux doute sur son identité : c'est Gros Joe !

Il est au milieu d'un groupe. Je crie :

— Toi ! Oui, toi !

Plusieurs se sentent interpellés.

— Moi ? Moi ? Moi ?

J'insiste :

— Non ! Pas toi ! Pas toi ! Pas toi ! Toi !

Cette fois, le garçon au col roulé sait qu'il est visé. Un vide se forme autour de lui. Exactement ce que j'espérais. Il n'y aura pas de dommages collatéraux chez les innocents badauds qui assistent à la scène. D'ordinaire, j'interroge avant et je tire après. Aujourd'hui fera figure d'exception !

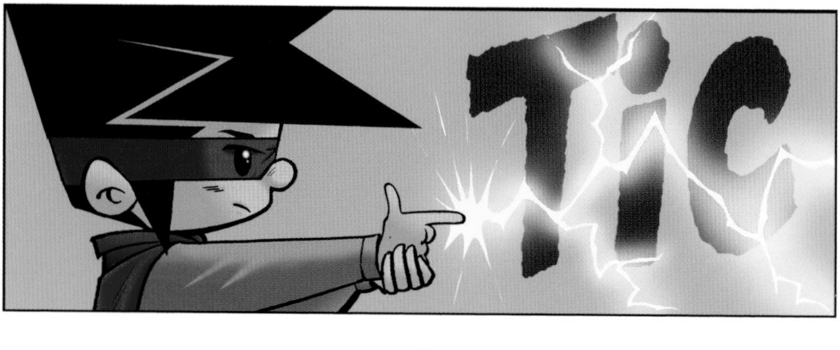
TIC

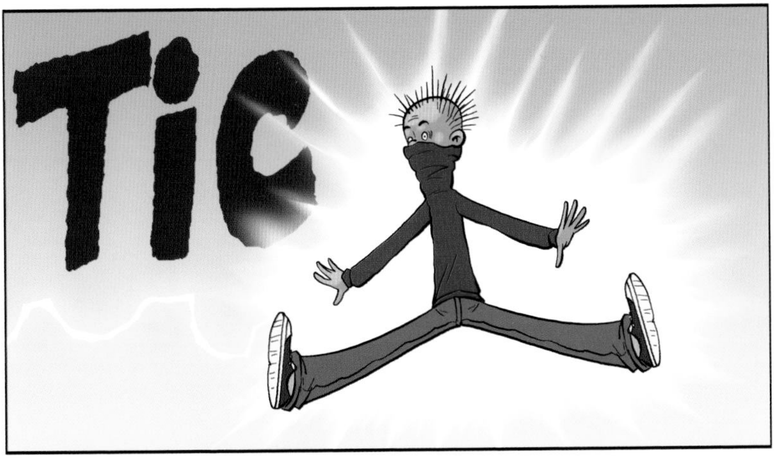
TIC

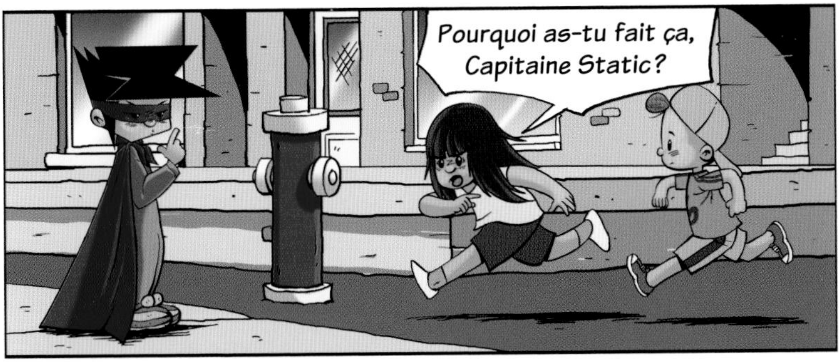
Pourquoi as-tu fait ça, Capitaine Static?

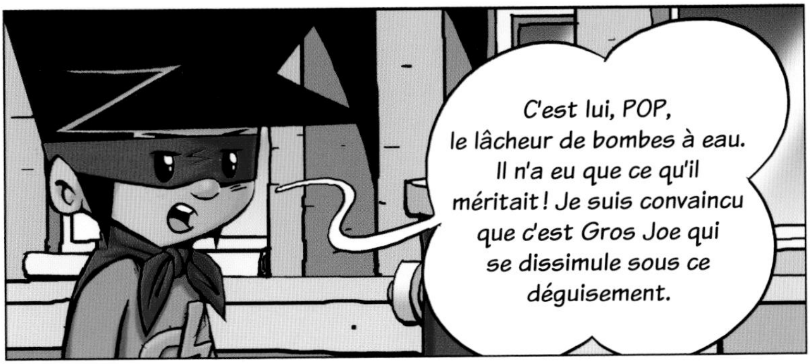
C'est lui, POP, le lâcheur de bombes à eau. Il n'a eu que ce qu'il méritait ! Je suis convaincu que c'est Gros Joe qui se dissimule sous ce déguisement.

Je me dirige vers ma victime. Le garçon revient lentement à lui, avec des panaches de fumée qui montent de ses vêtements. Il porte toujours son col roulé jusque sur son nez. Coiffé d'une casquette, un jeune homme de son âge, avec un bandeau de pirate sur un œil, est penché sur lui.

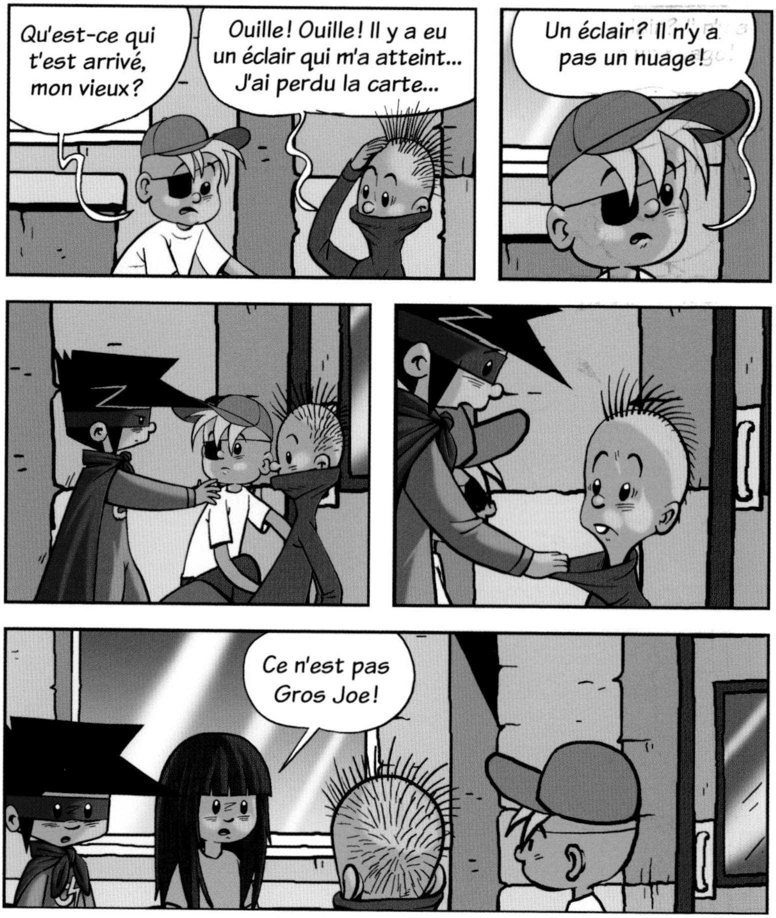
Qu'est-ce qui t'est arrivé, mon vieux?
Ouille! Ouille! Il y a eu un éclair qui m'a atteint... J'ai perdu la carte...
Un éclair? Il n'y a pas un nuage!
Ce n'est pas Gros Joe!

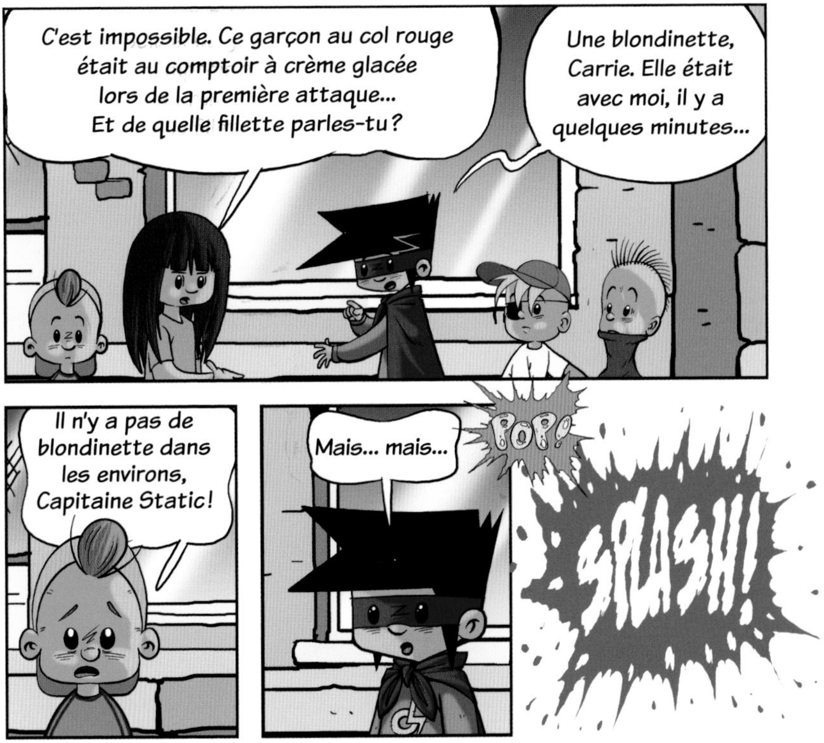
C'est impossible. Ce garçon au col rouge était au comptoir à crème glacée lors de la première attaque... Et de quelle fillette parles-tu?
Une blondinette, Carrie. Elle était avec moi, il y a quelques minutes...
Il n'y a pas de blondinette dans les environs, Capitaine Static!
Mais... mais...
POP!
SPLASH!

C'est encore moi qui ai écopé de la bombe à eau ! Ah, mon parapluie est bien utile sur sa chaise !!!

Le garçon à l'œil de pirate aide son ami au col roulé à se relever. Les deux s'éloignent lentement. Le premier tend quelque chose au deuxième.

— Pour toi, Baz... Une bonne gomme à mâcher pour te redonner le moral...

— As-tu lu la bande dessinée dans l'emballage ?

— Ouais, Baz... Elle n'est pas très drôle...

Chapitre 5

Il y a certains endroits de la ville que je préfère éviter, comme cette ruelle sombre, qui paraît à l'étroit entre deux immeubles. Suivi de Pénélope et de Fred, j'ai hâte d'atteindre la sortie qui débouche sur un boulevard.

Attention ! Je fais une pause de quelques secondes. J'enfile mes pantoufles et je les frotte sur un morceau de tapis que je traîne dans ma cape.

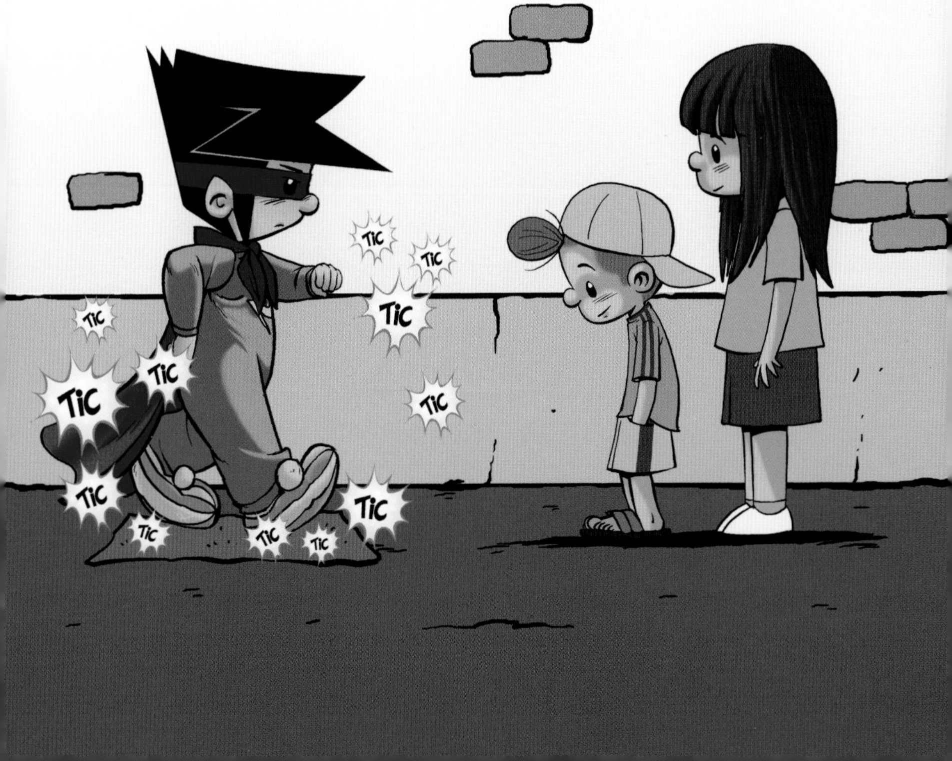
TIC
TIC
TIC
TIC
TIC
TIC
TIC
TIC
TIC
TIC
TIC
TIC
TIC

Voilà. C'est déjà mieux. Je me sens plus en sécurité, mes batteries rechargées. Je suis prêt à toute éventualité… Oh ! En parlant du loup…

Miss Flissy, Gros Joe et sa bande surgissent de derrière un mur.

Miss Flissy jongle avec une bombe à eau.

— Un rafraîchissement, Capitaine Mastic ?

Elle n'est pas la seule armée d'une bombe à eau ; la bande à Gros Joe l'est également. Gros Joe tient une énorme bombe dans ses bras.

— Celle-là a été préparée spécialement pour toi, Capitaine Aquatique, me dit-il.

J'aimerais leur régler leur sort, mais ils sont trop dispersés. Miss Flissy voit clair dans mon jeu.

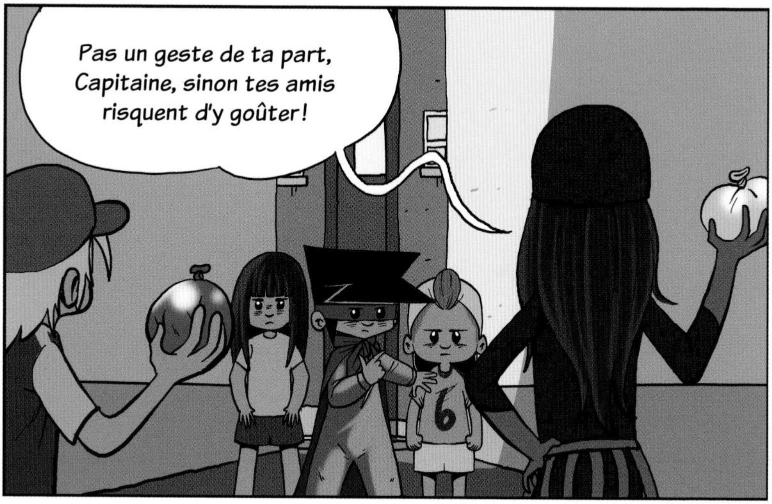
Pas un geste de ta part, Capitaine, sinon tes amis risquent d'y goûter !

Les membres de la bande lèvent la main avec leur bombe à eau. Ils sont prêts à tirer et à viser Pénélope et Fred. Je m'avoue vaincu. Miss Flissy savoure son triomphe.

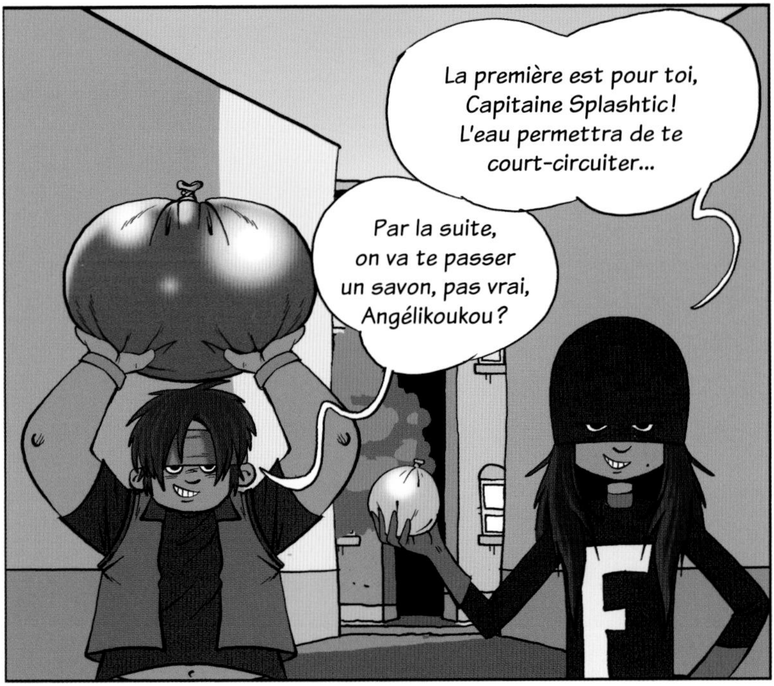
La première est pour toi, Capitaine Splashtic! L'eau permettra de te court-circuiter...
Par la suite, on va te passer un savon, pas vrai, Angélikoukou?

Miss Flissy est irritée, et l'adjectif est faible.

— Espèce de Hubba Bubba! Si tu persistes à m'appeler ainsi, je te fais avaler ta bombe à eau jusqu'à la dernière goutte!

Fidèle à sa méthode, elle bondit dans les airs en ma direction. Elle tournoie sur elle-même pour projeter avec force sa bombe à eau. C'est là que Fred entre en jeu. Il se jette devant moi pour servir de bouclier à la bombe.

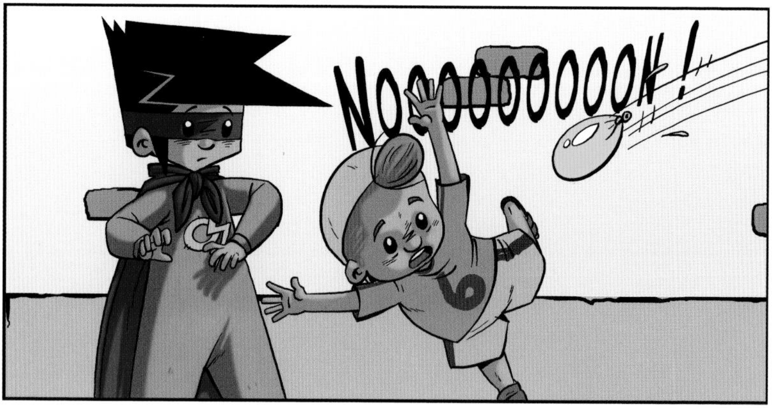
NOOOOOOOOON !

Je suis intact ! Fred a absorbé l'explosion de la bombe à eau. Je lui exprimerai ma reconnaissance plus tard. Avant que ses complices n'aient la présence d'esprit de réagir, je vise Gros Joe.

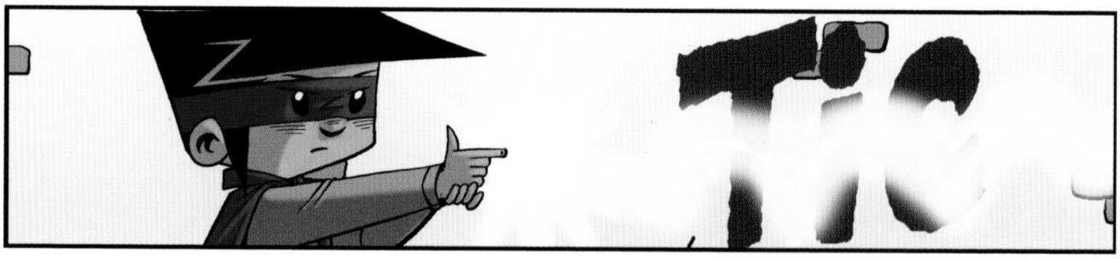
TIC

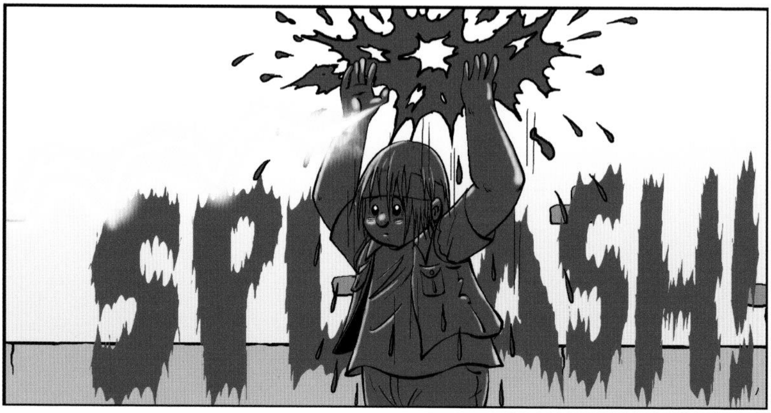
SPLASH!

L'instant d'après, Gros Joe est victime de sa propre douche ; pire, il est tout rouge.

Miss Flissy est dépitée.

— Ce Bazoukave a rempli sa bombe de peinture à l'eau…

Pénélope donne un coup de main à Fred pour l'aider à se remettre sur pied.

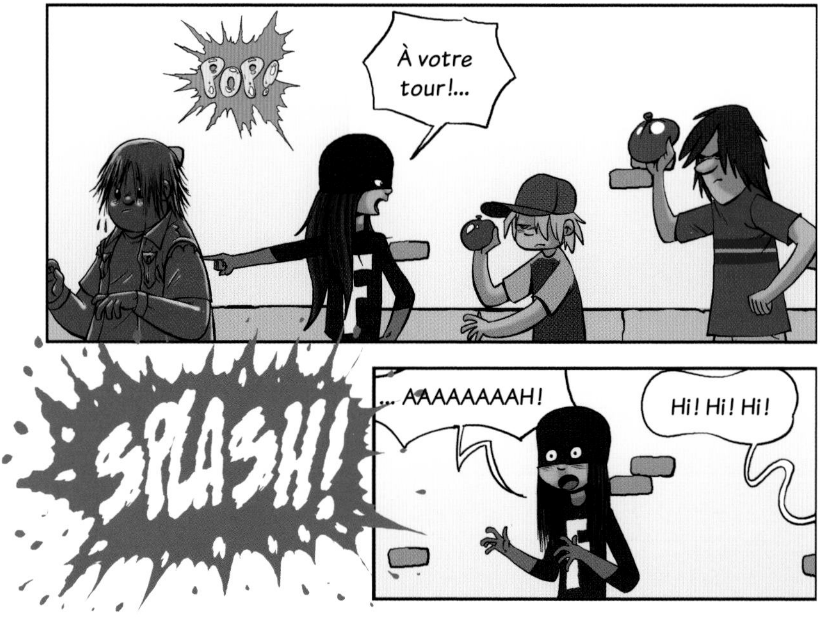

POP!
À votre tour!...
SPLASH!
... AAAAAAAAAH!
Hi! Hi! Hi!

S'ensuit alors une série de bombardements en règle de la bande, de Gros Joe et de Miss Flissy. Les tirs sont précis et font fuir les vilains.

— Sauvons-nous ! s'écrie Miss Flissy.

Elle reçoit une autre bombe à eau sur la tête. La bande déguerpit et le calme revient.

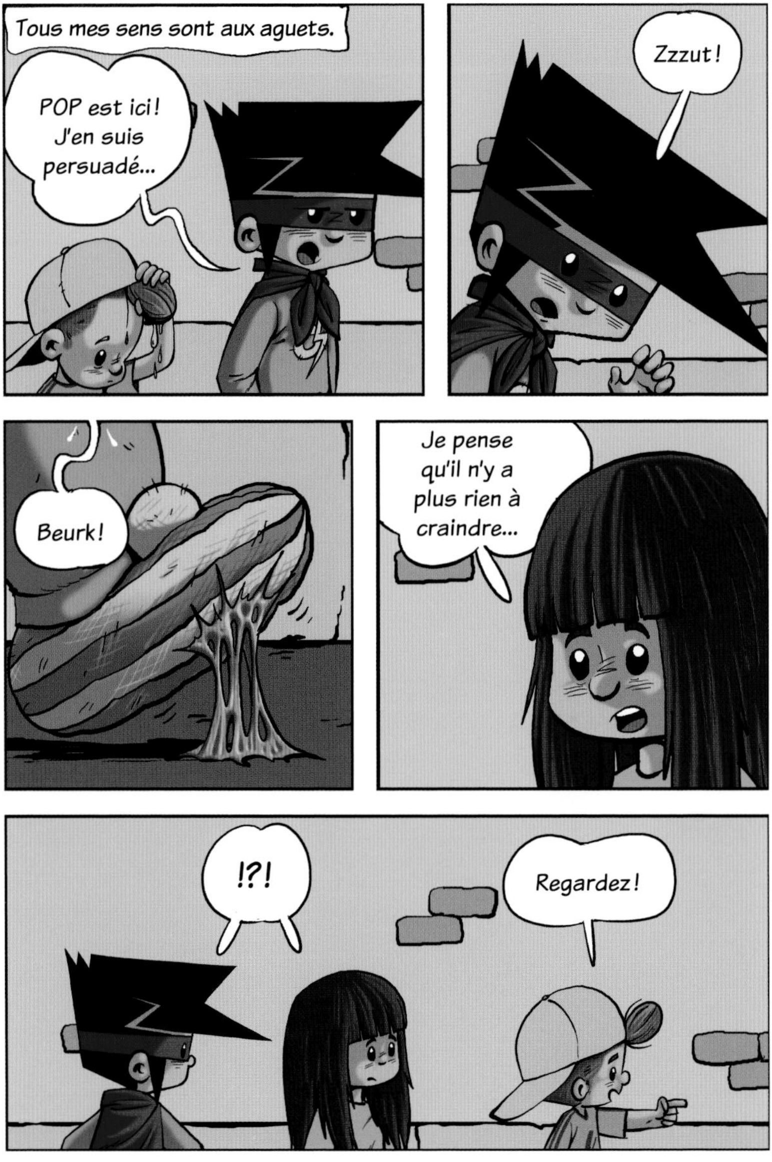
Tous mes sens sont aux aguets.
POP est ici! J'en suis persuadé...
Zzzut!
Beurk!
Je pense qu'il n'y a plus rien à craindre...
!?!
Regardez!

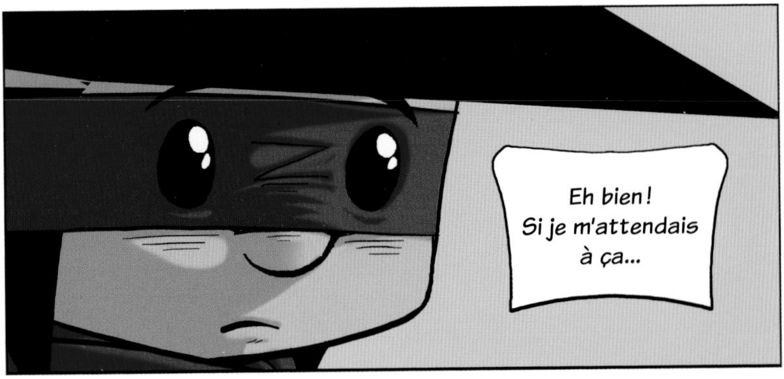
Eh bien !
Si je m'attendais
à ça...

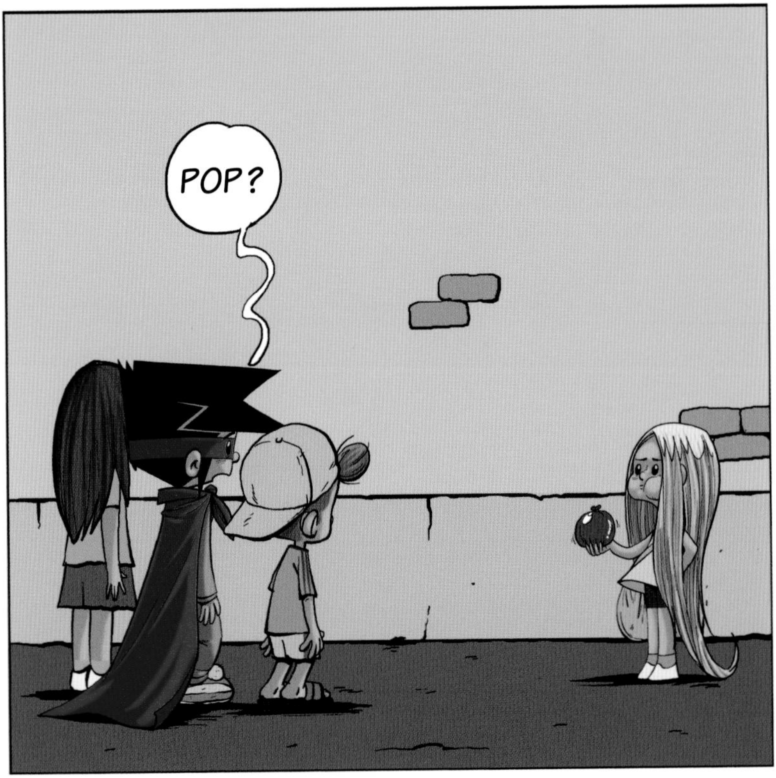
POP ?

Épilogue

POP… Carrie… Une même personne!

C'est ce petit bout de femme qui faisait trembler la ville avec ses armes de destruction massive?

Je commençais, en fait, à avoir des soupçons à son sujet quand elle m'a mis sur la fausse piste du garçon au col roulé. Lorsque je l'ai surprise, au pied de la cage d'escalier, son esquive a été de faire exploser une bombe à eau sur elle. Elle se dissimulait en conséquence dans la peau d'une autre cible de POP. J'ai mordu à l'hameçon. Toute cette mise en scène, c'était de la poudre aux yeux… Je l'admets: je suis gêné d'avoir été ainsi trompé et trempé par une fillette de l'âge de Fred.

C'est donc toi, Pop!
POP?
Oui, c'est le surnom que je t'ai donné avant de découvrir qui tu étais...

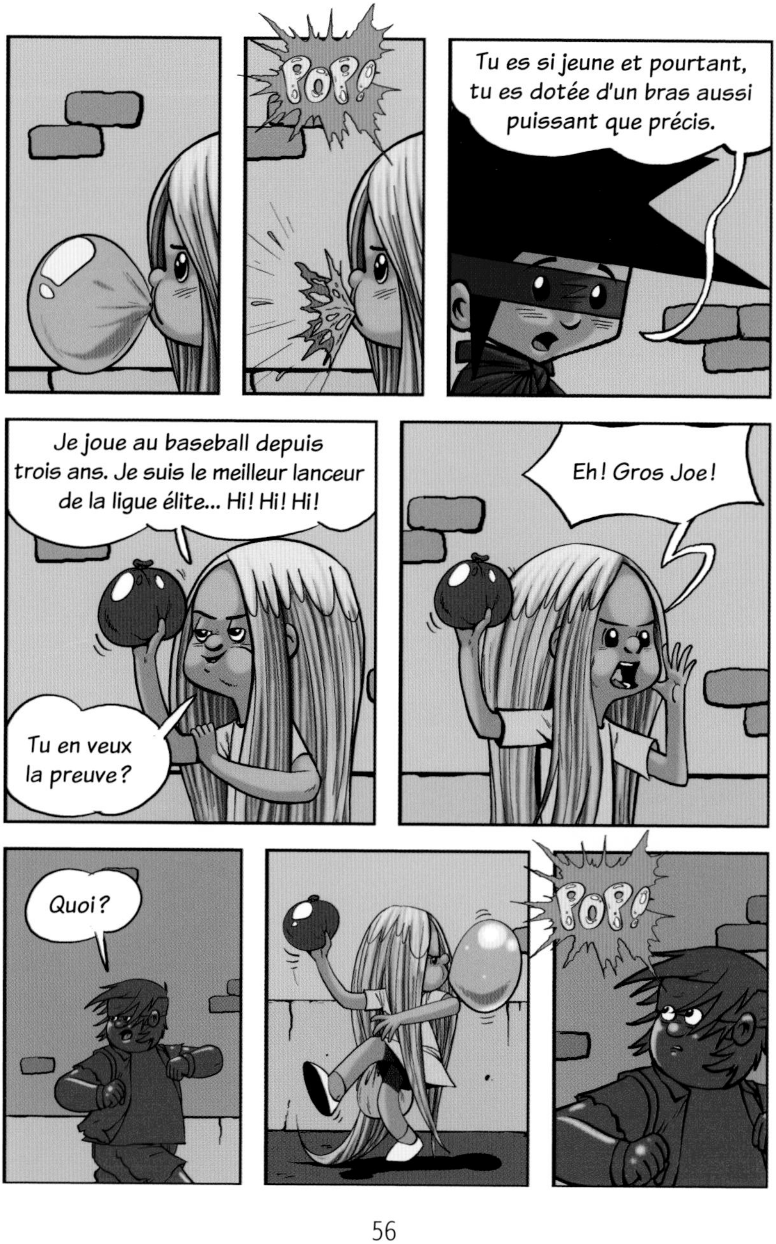
POP!
Tu es si jeune et pourtant, tu es dotée d'un bras aussi puissant que précis.
Je joue au baseball depuis trois ans. Je suis le meilleur lanceur de la ligue élite... Hi! Hi! Hi!
Tu en veux la preuve?
Eh! Gros Joe!
Quoi?
POP!

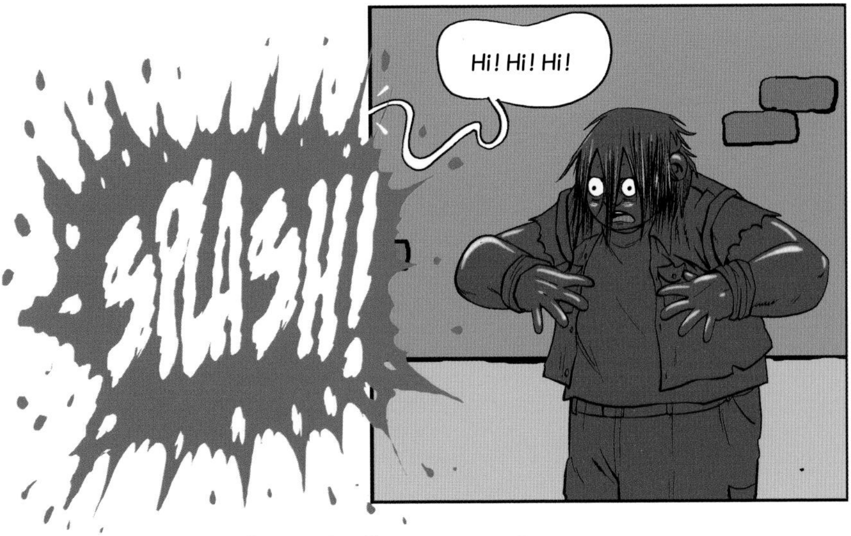
SPLASH!
Hi! Hi! Hi!

Je remercie Carrie d'être venue à notre rescousse.

— Sans toi, ces brutes nous auraient fait la vie dure, mais…

J'adopte un air sévère.

— Mais? répètent ensemble Carrie, Pénélope et Fred.

— Oui, il y a un mais… Et je ne mâche pas mes mots: tu as humilié beaucoup de gens, moi le premier, à cause de tes bombes à eau.

Carrie hausse les épaules. Elle fait une bulle qui fait POP!

— C'est ta faute, Capitaine Static! me dit-elle.

Je suis surpris. Ma faute?

— Moi? Je ne t'ai rien fait!

Carrie est soudainement gênée. Elle rougit un peu.

— C'est le seul moyen auquel j'ai pensé… pour attirer ton attention… Hi! Hi! Hi!

Pénélope n'est pas très contente d'apprendre cette nouvelle.

— En nous arrosant? Quelle drôle d'idée!

C'est vrai.

— Carrie, tu as eu aussi d'autres cibles : monsieur Patrice, notre professeur, Pénélope…

Elle s'en excuse, tout en indiquant qu'ils n'étaient pas visés.

— C'était parce que tu as bougé à la dernière seconde. Les bombes à eau t'étaient toutes destinées…

Je suis toujours intrigué.

— Pourquoi moi, Carrie?

Pénélope esquisse un sourire. Elle paraît trouver amusant un élément qui m'échappe encore.

— Ah! Capitaine Static! Il faut tout t'expliquer? Je crois que Carrie t'aime bien.

Je mets un peu de temps à comprendre. Cette révélation me rend mal à l'aise.

— Euh… C'est gentil… peut-être… Tu veux un autographe? Une photo dédicacée?

Hum… Vivement ce dictionnaire de répliques des super-héros.

Carrie ouvre les bras vers moi. Les lèvres tendues, elle s'approche. Ses intentions sont claires.

— Un bisou! Un bisou fantas… *TIC*!, mon beau Capitaine Static! Hi! Hi! Hi!

Je fais la seule chose qui me passe par la tête dans de telles circonstances : me sauver !

— Au secours ! Je préfère les bombes à eau !

Carrie rigole. Elle mâche sa gomme et fait une autre bulle.

— On peut s'arranger !

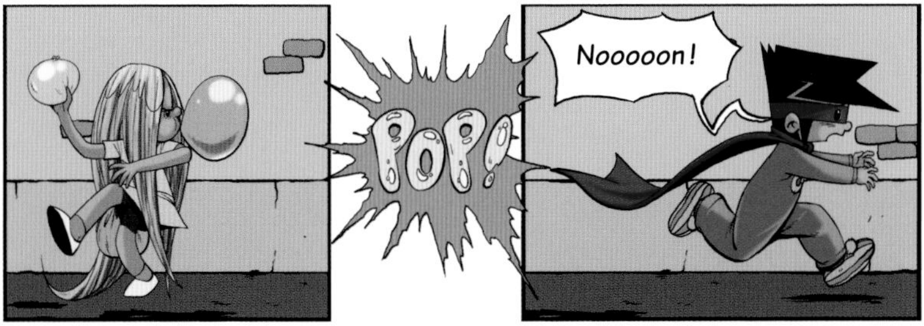
POP!
Nooooon!

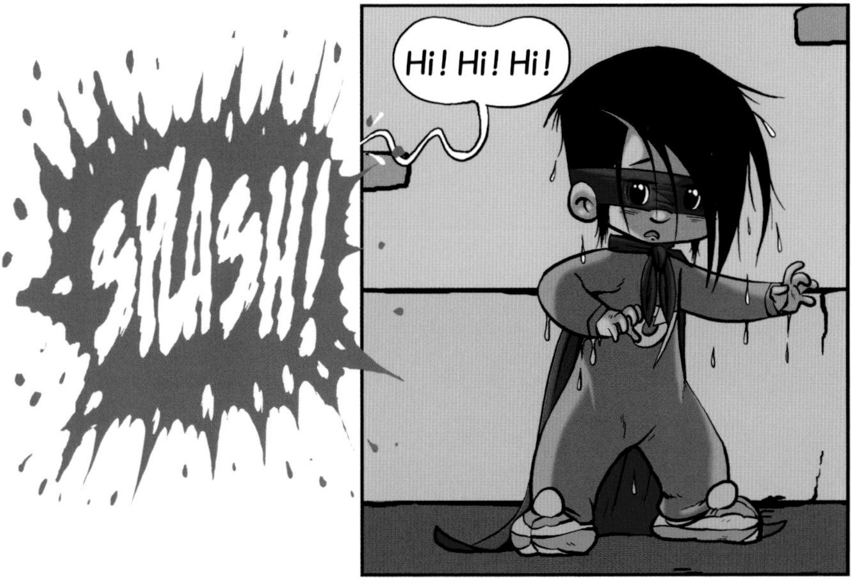
SPLASH!
Hi ! Hi ! Hi !

Série Capitaine Static

Grâce à ses pouvoirs, Charles Simard n'est pas un garçon comme les autres… mais un héros fantas…TIC! Soyez-en avertis, qui s'y frotte s'y TIC! Telle est la devise du Capitaine Static, la vedette d'une bande dessinée électrique!

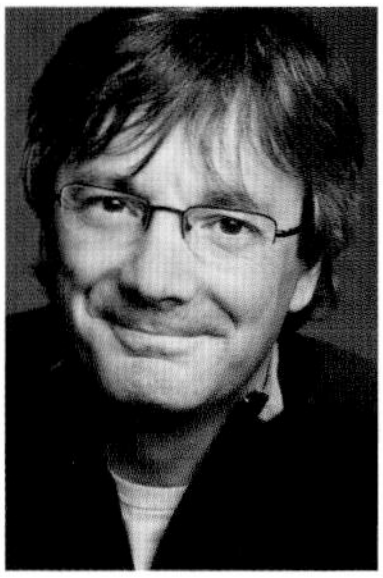

Photo : © Martine Doyon

Alain M. Bergeron

Anciennement journaliste, Alain M. Bergeron se consacre dorénavant à l'écriture. C'est pour laisser un peu de lui à ses enfants qu'il s'est tourné vers la littérature jeunesse, mais aussi et surtout parce qu'il aime raconter des histoires. Être lu par des jeunes est l'une de ses plus grandes joies. Tant mieux, puisque les enfants élisent régulièrement ses livres comme leurs préférés ! À ce jour, il a publié plus de 150 livres chez une douzaine d'éditeurs. Avec la série *Capitaine Static*, Alain M. Bergeron et son acolyte, l'illustrateur Sampar, réalisent un rêve d'enfance : créer leur propre bande dessinée.

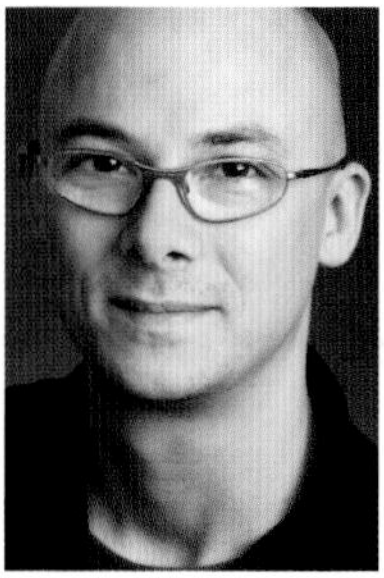

Photo : © Martine Doyon

Sampar

Illustrateur complice d'Alain M. Bergeron, Sampar – alias Samuel Parent – est celui qui a donné au *Capitaine Static* sa frimousse sympathique. Dès la sortie du premier album, cette bande dessinée originale a obtenu un succès éclatant, tant auprès du jeune public que des professionnels de la BD. Les illustrations humoristiques du petit héros attachant et de sa bande y sont certainement pour quelque chose… En duo, Alain M. Bergeron et Sampar cosignent plusieurs séries, notamment les livres de la série *Billy Stuart* et ceux de la collection *Savais-tu ?* chez Michel-Quintin.

Visitez le site de
Québec Amérique jeunesse
et obtenez gratuitement des fonds
d'écran de vos livres préférés !

www.quebec-amerique.com/index-jeunesse.php

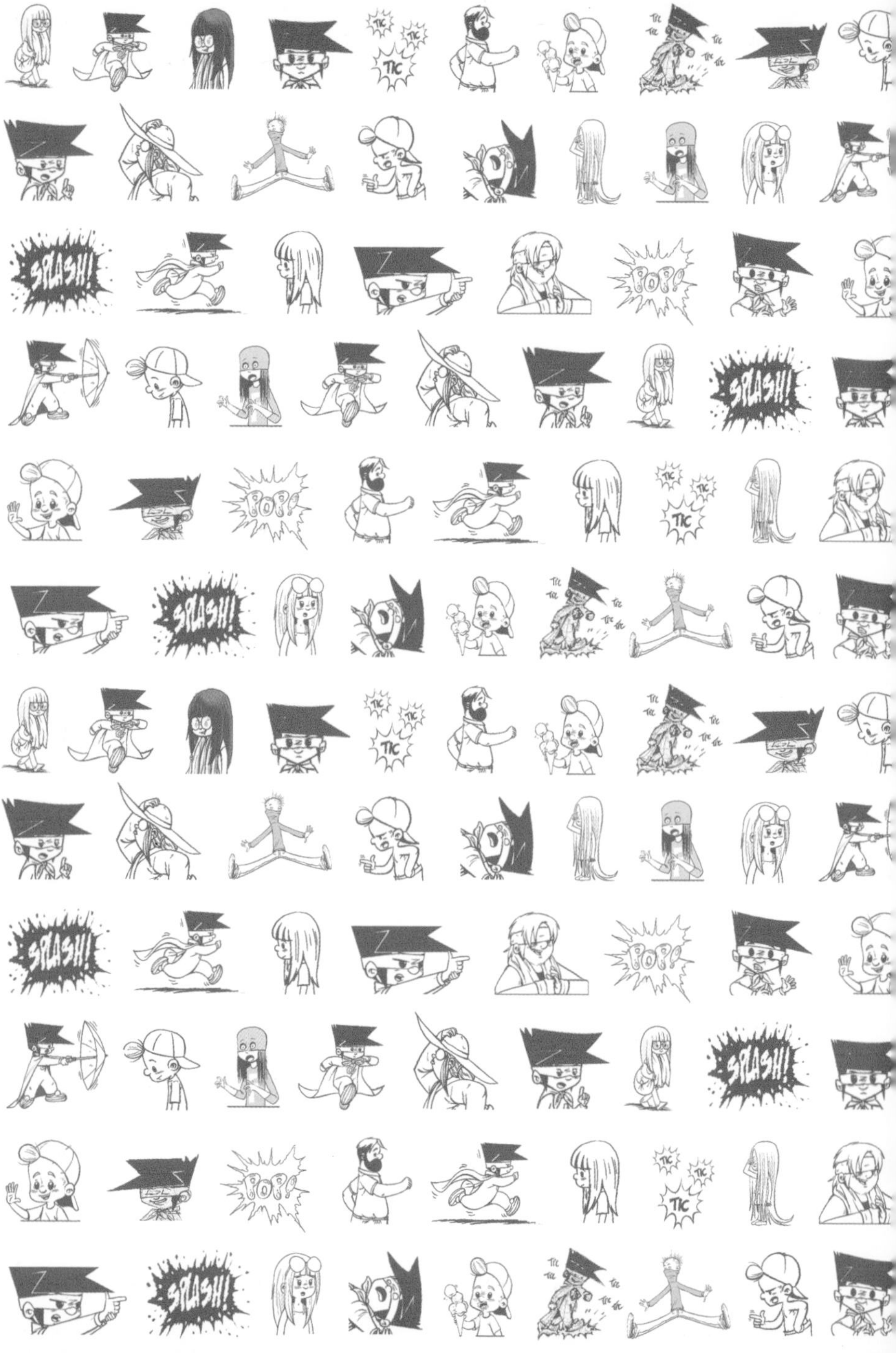
TIC
TIC
TIC
SPLASH!
POP!